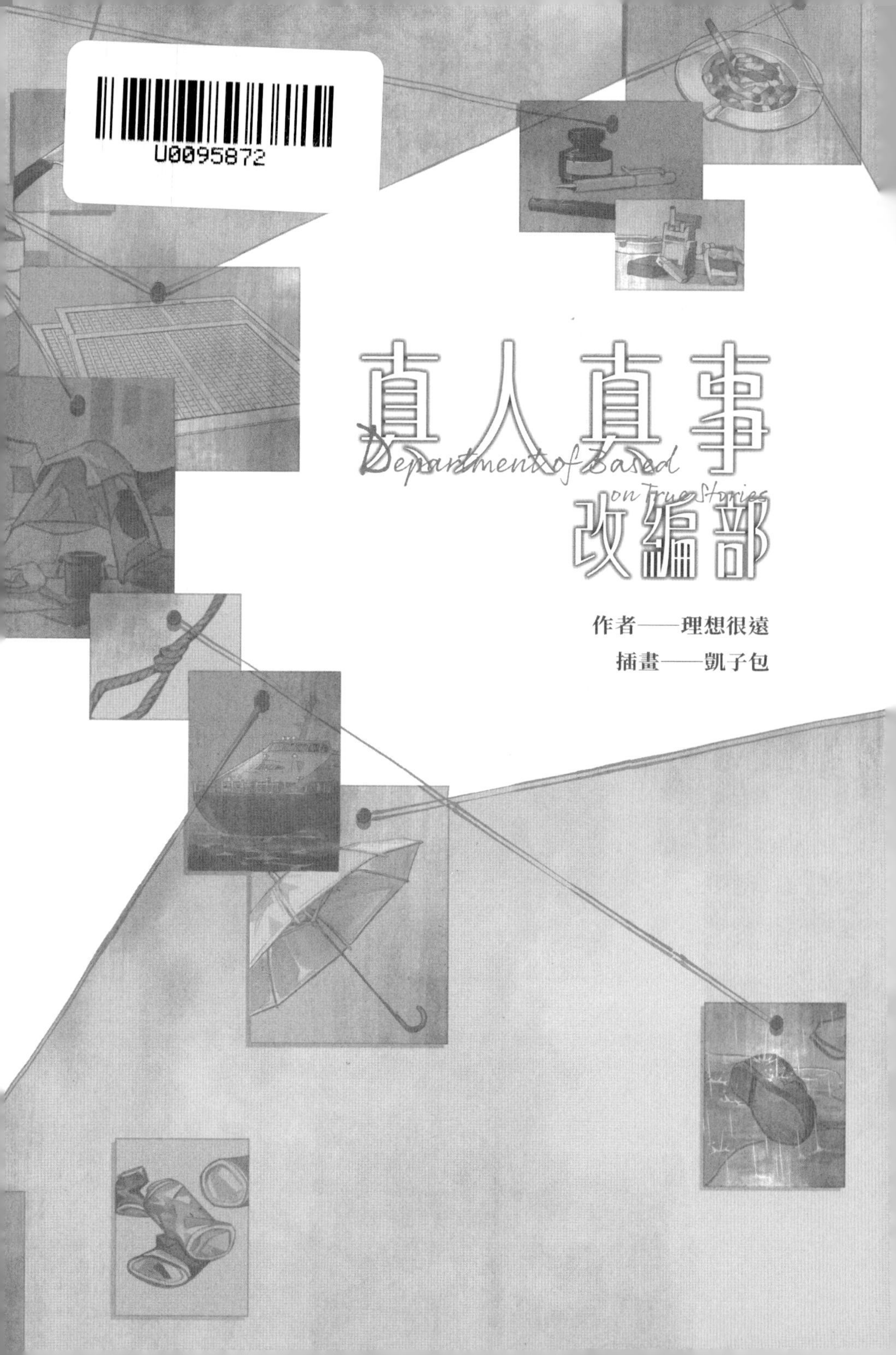

真人真事改編部

Department of Based on True Stories

作者——理想很遠

插畫——凱子包

目錄

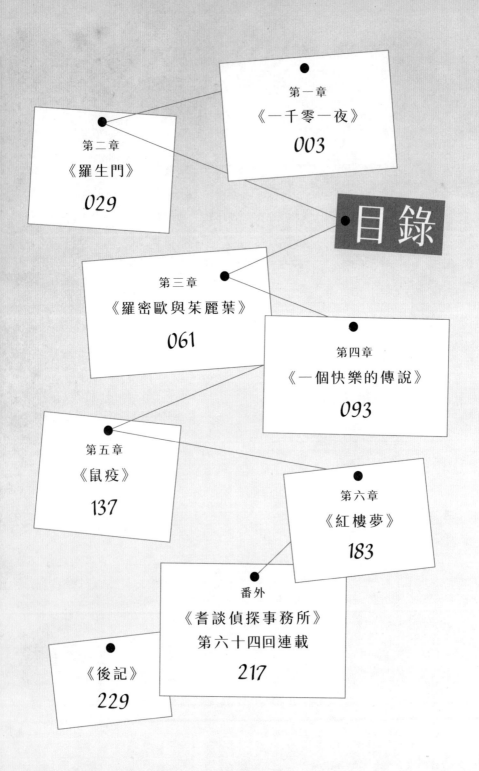

第一章

《一千零一夜》

當我們在談論意識時，我們在談論什麼？他想起過去某個濃縮的夜，失去名字的友人在樺木製的吧檯上把酒言談，所有個體都不過是資本主義催生的一簇簇氣泡，終歸會在消費所得者的喉舌下消亡，追憶半滴入魂……

「……不好意思，可以解釋一下這是什麼嗎？」酒廠老闆竭力地管理著表情，務求讓自己嫌棄的神情不要太過明顯。

對面的年輕人絲毫沒有察覺到不妥，解說的時候雙眼恍惚閃爍著星光：「劉以鬯的《酒徒》是意識流的代表作，所以我在想，如果要寫一個短篇故事推銷貴公司最新推出的手工啤酒，營造行文間微醺的氛圍就最適合不過。」

酒廠老闆把手肘擱在桌上扮作苦思，實際上是開始覺得僱用什麼小說作家來做商品行銷真是個爛透的主意。公司正緊鑼密鼓地準備推出新釀造的手工啤酒，他聽從市場部說如果要引來年輕顧客青睞，用文藝腔來包裝就準沒錯的話，毅然向朋友介紹的小說作家邀稿，怎知道竟然來了一個這樣的人。

「這個故事其實我還參考了海明威自稱從十五歲就開始喝酒的軼聞。雖然他曾多次表示過最愛的是威士忌不是手工啤……」

不到兩秒，聲音變成背景的白噪音，酒廠老闆的注意力早就飄得老遠。他再一次打量著眼前一邊解說故事理念、一邊眉飛色舞的年輕人，不其然瞄向桌上那份手寫稿件下方的作者署名及簡介。

陳方圓。H城大學語言及文學系畢業，小說作者及詩人。曾獲本光文學獎佳作、H城青年徵文獎入圍。

眉頭深鎖的酒廠老闆暗忖，在這年代還有誰會用手寫稿件？他該早就知道這人合作不來。

「……年輕人應該都有聽過海明威，我想如果用上他們熟悉的作家，應該能夠『吸引眼球』？」戴著圓框金色眼鏡的陳方圓把身子微微傾前，殷切地期待著酒廠老闆點評他第三次遞交的作品。

酒廠老闆嘆了一口氣，想起之前兩次拒絕他的稿件寫得不知所云，都告訴他這種作品無法在商業世界「吸引眼球」。他不但沒有絲毫不悅，還連連點頭相當虛心接受建議，不過數天就拿來全新的作品，當然也是誠意滿滿的手寫稿件。只是酒廠老闆實在不知道要如何讓他明白，現實世界的觀眾並不像他這樣想。

「方圓，我可以跟您老實說話嗎？」酒廠老闆暗自嘆了一口氣，想要把話盡量說得客套：「你有沒有讀過《一千零一夜》？」

「讀過，那是阿拉伯的民謠集結，是有名的包孕式結構作品。」陳方圓修讀過世界文學，熟稔地說出故事：殘酷的波斯國王每晚都會將一名少女娶回家，翌早就會將其殺害。一名女子為了拯救其他少女，自願嫁給國王，能言善辯的她在晚上給國王講故事，每晚講到最精彩處天就亮了。國王因惦記故事後續而暫時不殺女子，在她講了一千零一夜後，終於感動了國王。

「嗯嗯，我的墨水不多，但聽過這個故事覺得頗有意思。」酒廠老闆把將要說的話像酒一樣小心醞釀：「那女孩真厲害，光是說故事就能令殘暴的國王放下屠刀。」

陳方圓憨厚地頷首附和，完全沒有察言觀色的能耐：「確實如此。其實女孩和波斯國王的故事只是包孕體的外層，阿拉伯文學——」

「我的意思是，」酒廠老闆按捺不住，趁陳方圓再次沉醉在自己的世界前直截了當把話搬上檯面：「有些人很會說故事，可以說足一千零一夜仍然讓人想聽下去；相反，有些人就是不會說故事，連觀眾兩秒的注意力都捉不住。」

陳方圓先是一愣，然後似是而非地繼續點頭。老闆無法解讀這個表情，同時不忍把眼前滿腔熱忱的年輕人擊沉。

但市場部真的不可能再在這份稿子上花費更多時間。

「這不是你的問題，是上天的問題。」老闆出言安慰為他做個下台階，隨口補上一句：「沒有天賦不是你的錯。」

陳方圓捏著裝有數張鈔票的白色信封，患得患失地離開酒廠辦公室。信封上寫著的「邀稿酬金」讓他更覺諷刺。明知他們絕對不會採用這個故事，老闆更加不懂他在情節和結構間埋下的心思。交稿後無論最後採用與否，客戶都得一律交付稿費，這是行規。可是陳方圓卻暗自覺得這份錢他不該收。

難得已經付了車資來到城市的這邊，陳方圓本想到附近的公園繞個圈轉換心情。他正埋首琢磨的長篇小說《城堡》講述鄉間城市化的遺美，熱愛田野調查的他相信鬧市的公園會有不少值得寫下的觀察。可是他一看手表，耳畔傳來馬路熙來攘往的喧雜聲彷彿在催促他要跟上這城的步伐。他再看了公園的方向一眼後，無奈回頭往公車站的方向邁步。

＊＊＊

陳方圓推門走進位於大路旁的達西餐廳。驟看餐廳雖然略感破舊，褪色的歐式牆紙和天花板懸下的老派水晶燈仍可見裝潢在舊日曾經相當氣派。三十年前剛開張時，這裡是區內赫赫有名的高級西餐廳，可是隨著社區發展，愈來愈多連鎖餐廳進駐本區，易手多次後達西餐廳已不復以往。現在未到五點，餐廳裡面已經坐滿了趁下午茶時段還沒過、一個人趕緊點兩三人份下午茶作晚餐充饑的客人。餐具相互碰撞的聲音此起彼落，侍者從手掌到臂膀端著好幾個盤子，店內和街上一樣忙碌。

陳方圓生怕撞上忙得暈頭轉向的侍者，在大門靜心等待通道騰出空間。很快一名站在餐廳中央、打領帶的西裝男子注意到他，趕緊往他招手。

招呼未打上，領帶男便往陳方圓口沫橫飛地罵：「還不快點更衣？真是的，要不要抬轎請你才肯送餐啊大作家？七號九號檯在等點餐——你看不到嗎？」陳方圓的值班時間其實還沒到，不過他不敢忤逆經理，只得低下頭往員工室三步併兩步的跑。

甫進員工室，陳方圓就跟一名和他同期入職的侍者打招呼，餐廳之中和他尚算談得來。陳方圓和他一邊寒暄，一邊解開筆直襯衣的銅色鈕扣。同期笑問他：「穿得這麼光鮮，剛才去見女生啊？」

「不是啦。」陳方圓霎時臉紅耳熱，不敢說自己是去見了邀他寫稿的客戶。他極力避免在這個地方提起任何關於寫作或文學的事。餐廳經理在面試時見他在簡歷上寫過自己曾出版小說集，自此餐廳的侍者、廚師、老主顧開口閉口都以「大作家」笑話他。在這個世界眼中，「作家」這個職業似乎是不存在的，像獨角獸一樣只存在於粉紅色的童話故事。大家都對這幻象一樣的職業抱有敵意，並覺得相信這回事能賺到錢的人都是未經現實磨練的草莓族。但凡有人提起，聽者少不了從頭到腳檢視一番，好像要從外表斷定一個人有沒有像個作家的資格，繼而挑著眉詢問：你很有名嗎？你寫過什麼？拿過什麼獎？哈，這我可沒聽過。你說自己作家，你拿過諾貝爾獎嗎？

陳方圓脫下昨晚熨好的襯衫，把它仔細掛起，連同那個有靈魂的自己一併關在儲物櫃。如果是電影，他覺得應該用上一個蒙太奇鏡頭：那個被套上餐廳制服的陳方圓只是軀殼，接下來的七小時，那個懷有靈魂的陳方圓都會被安在儲物櫃好好保護著。他唯有這樣把自己切割成兩份，切得分崩離析，才能在下班後接回那個快要萎縮的自己繼續執筆。

一個他要生活，才餵養得起另一個作為小說家的他。

幸好陳方圓在上班的時間不會太困擾，因為只要一上場，客人、經理和廚師的吆喝已經夠塞滿他紙造的腦袋，沒有剩下可供胡思亂想的空間。還好是這樣，不然他就會發覺這樣的工作對於他真正想要追求的事是毫無意義。寫作課上曾有老師訓勉過：作者寫小說要把自己當演員，代入角色之中。寫對白要真誠，不是你去決定角色要說什麼，而是去感受角色要你說什麼。

每次他像這樣換上餐廳制服，履行儀式般走過濕滑黏膩的廚房地板，以侍者的身分踩上樓面舊得不具承托力的地毯，那些時候陳方圓總是覺得，生命中自己並沒有比這刻更接近演員的形狀。

餐廳一如往日般忙碌，上檯客人剛走，急性子的客人已經一屁股坐了下來。陳方圓趕緊收走桌上十多個蓋滿油汙的盤子，為了方便搬動將它們全部疊成一堆。橙紅的茄汁和蛋糕殘餘的奶油混成一團，陳方圓一走動，最上方的盤子就被黏稠的醬汁滑了下來，他手上的盤子山一下被擊潰。陳方圓在餐廳留意到的其中一件怪事是無論樓面有多吵雜，摔破玻璃的聲響還是有如鶴立雞群般注目。下一秒全場客人的目光都放在他身上。這些視線聚集起來，比起搬動廚房所有還沒洗的盤子還要重。

陳方圓心知不妙，馬上蹲在地上撿起沒被摔破的盤子。經理拿著掃帚來到他的身邊，一邊清理一邊不忘挖苦：「大作家的手只會寫字，幾個盤子都搬不動？」

「對不起。」陳方圓為自己仍然懷有夢想，深深感到抱歉。

這段對話似乎引起了毗鄰一桌客人的注意，但忙於消化羞恥感的陳方圓並未留意到。那桌的客人是兩名男子，年輕的不久後就離開，只剩一名約莫四十多歲的男人隻身在座，招手點了一杯又一杯的熱奶茶。

「那人到底想要怎樣啦？咳咳——」負責招待那名男人的同期向陳方圓抱怨起來，忙到連喝水都沒時間的他無法止住咳嗽地跑走，陳方圓一看過去就和男人對上眼神。陳方圓總是覺得，那人好像一直盯住自己看。

直到餐廳的客人走得七七八八，陳方圓負責的區域已經沒有客人。他正忙著補充桌上的調味料，冷不防就被人拍了一下後背。

「冒昧打擾，剛才我無意聽到你們經理說，你是作家？」

陳方圓回過頭，說話的人果然是那個點了五杯熱奶茶的中年男人。他暗忖，那人真的一直在盯住自己看。

「……我不是。」陳方圓別過臉否認，只想輕輕帶過話題：「他們愛開我玩笑。」

「是嗎？我不認為是這樣。」本來以為敷衍的答覆會讓男人識趣地走開，誰知他還一直賴在陳方圓身邊。男人說罷，便從口袋掏出名片遞上。

陳方圓戒備地接過。白底黑字的名片毫無設計，只用最基本的字型印了一組電話號碼和電郵，上方寫有：「部門」總編胡喻文。

「『部門』？這是文學雜誌嗎？」陳方圓的語氣並不肯定，因為這座城市鮮有他不知道的文學刊物。

「……也可以這樣說。」擔著總編頭銜的男人失笑，意味深長：「加上剛才也在這裡的橫山君，我們現在有三名作家。如果你願意，我想請你來這邊跟我工作。」

受寵若驚的陳方圓感到胸腔的心臟快要直接跳出來，他竭力管理好表情，不讓自己看起來太失禮：「謝謝總編……但我沒有在雜誌社工作過，不知是否做得來……」

「我們不是真的雜誌社啦，不過我們的作家倒是真正的作家。」一談起「部門」，總編總是好像含糊其詞，但他又再三向陳方圓保證：「你唯一要做的工作就是寫故事。雖然薪資不能說得上十分優渥，但好歹也是正職，至少生活應該不成問題，你也不需要再在外兼差。」語畢，他打量了一遍他們身在的這個地方。

一個用夢想換取食糧的販售場所。

「你又未看過我寫的故事，為什麼要聘請我？」此刻的陳方圓沒有思考自己在餐廳被文學雜誌的總編挖角這事有多不合常理，倒是想起口袋那份不應屬於他，但生活又迫使他不得不收下的酬金。

「我是沒看過你寫故事，」自稱總編的男人故意一頓：「可是我看過你不寫故事的樣子，知道你會很珍惜這個機會。」他幾乎不加思索就回答。陳方圓看他投向自己的眼神，覺得這個男人好像無所不知。

「餐廳每一個人都知道你是作家，你本來應該對這件事相當自豪吧？」

陳方圓聞言，只是輕輕聳肩，報上無可奈何的苦笑。不知從何時開始，人都習慣將追逐夢想和吃苦頭兩者掛鉤，並且相信在某天吃夠了一定的配額，理想就會如約而至。

那天深夜，陳方圓重新穿上襯衫，扣上黃銅製的鈕扣，卸下皮囊後緊緊關上儲物櫃，暗暗希望永遠不要再像放行李一樣寄存自己。離開餐廳的時候，他突然想再回到今早沒法去的公園一趟。他往回家反方向的公車站走，迎面而來一名衣衫襤褸的老人，拖住紙皮和身軀跟他擦肩而過。老人咽喉悶出充滿黏稠的聲響，一口吐出卡在喉間的濃痰，往陳方圓腳邊的溝渠鐵蓋飆出，害他差點閃避不及。接下名片的他本來還隱約有種感覺，生活好像會就此變得翻天覆地的不同。可是這個念頭很快就在陳方圓的腦海消失得無影無蹤。他賣力搖晃因工作變得笨重的頭顱，提醒自己身在H城，這把年紀還相信夢想，是可恥的。

＊＊＊

翌日總編就跟陳方圓約在書店碰面。穿著同一件襯衣的陳方圓早到了半小時，反正見面地點是書店，他待多久都可以。位於市中心南部的這家連鎖書店暨精品店樓高兩層，種種書目分門別類，陳方圓平日最愛逛文學區，但這天因為有約，他便在正門附近隨便找書看，好讓總編一進門就找得著他。

陳方圓沒有特別注意眼前的書是什麼種類，反正他什麼書都不抗拒，小說最棒的地方就是它可以容納任何題材知識。書店正門放著一張大桌子，平鋪了十數本書籍，它們不像豎在書櫃上的藏書只能露出書脊，平鋪在「豬肉檯」上的書搶盡了曝光，都是書店的重點書目。陳方圓湊過去看，女星寫真集、簡易食譜、旅遊攻略、正能量心靈健康書占了好大部分。他最終挑了一本最近被翻拍成電影的外國翻譯小說，只是看不了兩頁，就發現書內的電影劇照比起文字還要多，直至總編的身影出現他才合上書頁放回原位。

總編和陳方圓在店內閒逛，總編似乎不趕時間。陳方圓沒覺得奇怪，心想從事這個行業的人，來書店視察市場也是重要的工作之一。

「這裡會有你的書嗎？」經過文學小說區的時候，總編突然問起陳方圓來。

陳方圓搔著頭，滿不好意思：「應該不會吧。雖然印量不多，但出版社說我賣得很差，不少書店進貨後發現滯銷，乾脆把書退回出版社。」

「對不起，讓你失望而回。」他趁總編回應之前就率先道歉，認定了來找自己的作品就是他們今天來書店的原因。

「沒關係，我來書店有其他事辦。」總編轉身，直接走到付款處旁邊一個流動書架前，來回掃視後選了一本書，翻都不翻就買了下來。

「你看看這本書，告訴我大概感覺就可以。」離開書店後，總編帶了陳方圓去附近的咖啡廳。他說反正出來了，吃過午飯再回去辦公室。陳方圓接過總編剛買的書，書名是《鞘舞江湖》，封面的設計風格看起來相當廉價，紙質薄得透光，排版分行又不標準，橫看豎看整本書的製作都很業餘。陳方圓心想，或者封面貼上的那個「特價促銷」貼紙也有一定的影響。

侍者奉上咖啡，陳方圓只點了簡餐，一邊啃咬三明治一邊翻頁。鄰桌兩名主婦一直在討論八點檔的肥皂劇劇情，爭論哪個當紅小生的腹肌最適合演消防員。陳方圓彷似有種超能力，一捧上書就能隔絕周遭所有無意義的噪音。到總編吃完甜點，陳方圓方把目光從書上移開。

「我只看了頭兩三章，意見不能作準。」

「直說無妨。這又不是在面試。」

兩人坐上區內公車，看來目的地不會太遠。陳方圓清清喉嚨，在車輪搖曳之中把思緒慢慢整理好：「首先是標點符號的運用，句子偏向冗長，驚嘆號的使用過多。作者應該利用對白的措詞和肢體描寫來突顯角色說話的語氣，而不是只會加驚嘆號；說起對白，我想指出的是這本書的對白很多，每次有多於一名角色碰面，對話就多得好像在看劇本一樣。故事整體缺乏側面烘托，例如作者會直接寫主角是個有潔癖的人，而不是透過劇情或隱喻表示。」

陳方圓一邊在說，總編就不斷在「嗯嗯」，沒表示同意也沒反對。兩人最終在一座高樓大廈前下車，陳方圓本來還以為這只是一座裝潢摩登的大樓，走進大門見到Ｈ城的標誌才意識到這裡是官方機構大廈。陳方圓半信半疑，抱著可能總編只是帶他來作僱員登記之類手續的猜想，不發一言跟著總編走。

「我們要去哪？」當陳方圓發現他們乘坐的電梯正往下行，才開始不安。步出電梯，地下一層和大廈的裝潢完全不對味，陰暗潮濕的走廊因長期缺乏陽光照射而悶出了霉味，陳方圓戰戰兢兢，總編卻神態自若，走向目光未及的盡頭處一所房間。外面的招牌印有言簡意賅的二字：「部門」。

陳方圓正要覺得奇怪，為什麼在官方機構的大樓地底會有這樣神秘、連名字都得省去的「部門」？而這個「部門」，又有什麼工作會用得著他？

鎖頭一扭開，門後煙霧瀰漫，被困住良久的煙雲難得找到出口，迫不及待從門邊竄走，反應不來的陳方圓被嗆得不停咳嗽，險些以為是地下室起火。待煙霧稍微散開，他才勉強睜得開眼。門後是一個小型的開放式辦公室，內裡亦只有一個小房間的間隔。四堵牆壁都有依牆而建的層架，還有其餘幾個散落各處的矮櫃，一如所料放滿不同的書籍，從寫作工具書、專門知識的百科全書、甚至流行小說一應俱全。光看藏書的話，這裡就好比是一家被縮小的書店。

部門中央的空間放有一張長桌，就像平日在會議會見到的一樣，只是長桌的尺寸以這個辦公室來說顯得略大。桌上滿布雜物，手提電腦、書籍、稿紙、文具、菸灰缸。圍著會議桌而坐的有兩男一女，吞雲吐霧的他們正是這些煙霧的源頭，害得陳方圓一下看不清他們的臉龐。

記起昨天總編說過，「部門」有三名作家。陳方圓認得坐在一角、戴著眼鏡的安靜男子昨天曾經和總編到過西餐廳，總編說過他叫橫山君。坐在他旁邊的另外一名男子濃眉大眼、五官深邃、蓄有一頭到頸項長度的髦髮，活像一個極具古典氣質的書生。他瞄了陳方圓一眼後，便埋頭在手機繼續打訊息。至於房間內唯一一名女生穿著熱褲坐在桌上，看起來只有二十多出頭，嘴裡叼著一根菸，硬生生地打量著這張新面孔。

總編把陳方圓領到眾人面前，陳方圓心想這三位必定就是在「部門」工作的作家們，畢恭畢敬地欠身鞠躬：「我是陳方圓，請多多——」

「陳方圓？」女生一來就直呼其名並打斷他說話，嗓音出奇地豪爽。

他讓自己回復沉著，盡量得體地答道：「是……是的。正方的方、圓形的圓。出自孟子『無規矩不能成方圓』——」

「這是筆名吧？」她再一次不待陳方圓說完就插嘴。

「沒有，這就是我的本名，也是我用來出版的名字……」陳方圓搔搔頭，如實回答。

女子聽罷用手肘撞了一下一直在低頭滑手機的書生男，讓他猛地抬頭：「嘿，橫山君說得沒錯，真的是一副書呆子樣。」

「我沒說是書呆子，只是說我推測他是寫純文學的。」叫作橫山君的眼鏡男被點名後，連忙為自己辯解，轉向還站著的當事人再度澄清：「我可沒這樣說你。」

「方圓出版過詩集和小說集，的確是文學作家。」總編看不過他們胡鬧，同時正式向新成員介紹「部門」的眾人：「你已經見過的橫山君，他是推理小說作家。」

「你好。」橫山君抬抬眼鏡，謙謙有禮地點頭。

陳方圓聽罷便問：「請問您的筆名是取自日本推理作家橫山秀夫嗎？」

「你有讀過？」橫山君聽得眉飛色舞，好像終於找到知音人般對他放下陌生人的戒備：「這兩個人完全不看推理，我都不知有多悶。」他指向會議桌另一端，書生男只白了他一眼，然後從桌面隨手拈來一包香菸，女子順勢用手中的打火機幫他點火，房間內的所有人都似乎漠視了牆上的禁菸告示，在這個煙霧瀰漫的空間，它就像是為了突顯荒謬的氣氛而存在。

總編接著介紹正在抽菸的兩人：「秋熒是寫都市愛情小說的，而柳浩天是武俠小說作家。」陳方圓向兩人再點了一下頭，心想柳浩天這個名字好像愈想愈熟悉，可是又想不起在哪聽過。難不成他是什麼有名的作家？

「他們三人和你一樣，都是有過出版經驗，可是銷量堪虞、無法以寫作維生的作者。與其在外面打工勉強維持生計，來『部門』工作反而可以一展所長。」總編把目光均勻放在四人身上，毫不諱言地在他們面前道出難堪的事實，但他們似乎毫不在意地全盤接收。

陳方圓聽到這裡，又不免想起自己昨天這個時候還在達西餐廳捧盤子，被番茄醬潑得渾身都是的狼狽模樣，應該一一都被看在眼內。總編不忘補上一句他經常掛在口邊的話：「一放下筆桿，再要拿起就很困難。」

對於總編沒有過問太多的知遇之恩，陳方圓心底盡是感激。可是陳方圓心想，直到現在還是沒有任何一個人告訴他「部門」到底是怎麼一個地方，這裡又有何工作能讓一群名不見經傳的作者「大展所長」。「有什麼不妥當」的微弱感知一直在他心底作祟，可是他又說不上具體有什麼出錯。

眾人開始你一言我一語地交談，陳方圓本想透過對話推敲出更多有關「部門」的線索，可是自顧自地談話的三人內容漫無邊際，一下是嚴肅的世界政局，一下卻是瑣碎的生活冷知識。他留意到唯獨總編悄悄從口袋掏出手機，眉頭一皺，把電話湊近耳邊便步進全辦公室唯一一個小房間。不消一會，又探頭出來用手勢示意眼鏡男和書生男跟著進去。

空間只剩下陳方圓和又點了一根菸的女生。他不敢貿然搭話，同時為避免空氣凝結，只好從背包掏出剛才總編在書店買的《鞘舞江湖》繼續翻翻，誰知一看封面，那個眼熟的名字就出現——「柳浩天 著」。陳方圓霍地抬頭，這本書就是剛才的書生男寫的？

女生見狀便往那邊湊，並連忙把口中一團煙往反方向呼出：「你在看什麼這副表情？」

「沒、沒什麼，剛才總編買了這本書叫我給點意見，沒想到會是他寫的。」陳方圓將書遞向主動往自己搭話的她。

女生沒特意接過，只瞟了一眼就恍然大悟，笑的時候又呼出一口煙：「我們每個新人入職的時候，總編都會這樣做，透過作品讓我們熟悉對方。畢竟作者都得對自己的作品誠實。」

終於談到一些關於寫作的事——陳方圓很早就發現這裡每個人的寫作背景都不盡相同，就像刻意要涵蓋不同的小說類型。他本來想趁機繼續問她更多的資訊，例如這個「部門」到底為什麼需要這麼多作家，他們要寫的文稿又是什麼類型云云，誰知女生卻搶先一步。

「《鞘舞江湖》本來是一套四本的長篇企劃，可是出版社見第一本銷路慘淡，拒絕幫他繼續出版。」女生熟練地用指頭彈走燒完的菸灰，話鋒一轉：「那你覺得浩天他寫得怎麼樣？」

「我覺得……」陳方圓正想將早前向總編說過的評語複述，可是轉念一想，她和作者本人認識的話好像不應太過批評，始終日後還要一同共事。幸好此時總編室的門被打開，把陳方圓從糾結中解救，但出來的總編已經換上一張嚴肅的臉。

「本來想為你好好迎新，但有案子來了。」總編收起手機，女生也立即捏熄了菸蒂。終於快要窺視到「部門」的真面目，陳方圓見眾人嚴陣以待也不覺緊張起來。接著從總編室出來的橫山君推出滑輪式的大白板，書生男抱著一堆剛列印好的圖片和資料，好不狼狽。他狠盯了坐著的女生一眼：「柳浩天你還不快來幫忙，要我一個人做啊？」

在陳方圓旁邊的女生吐吐舌頭，回頭看了他一眼就跑去幫忙，此時陳方圓才恍然大悟。總編介紹她和書生男是寫愛情小說和武俠小說的時候，陳方圓就先入為主覺得寫武俠的必然是男作家，寫愛情的是女作家，誰知他險些就被真正的「柳浩天」擺了一道——她就是手中那本《鞘舞江湖》的作者，書生男才是寫愛情小說的「秋熒」。

柳浩天和秋熒合力將手中的文件一張一張地貼上白板，陳方圓只見到有一些人的大頭照和雜亂無章的資料，對於總編口中的「案子」是什麼還摸不著頭腦。

「這次是什麼？」沒被叫進總編室的柳浩天也問道。

「自殺。」總編一人站在資料板前，幫忙張貼資料的三人則圍坐在桌子旁邊，無一不專心盯住前方。

「果然，這星期第五宗了？」柳浩天似乎毫不意外。

「第六宗。」橫山君抬抬眼鏡，一下道出她算錯的原因：「連續五天，但星期一那天有兩宗。」

眾人沒再發問，總編見陳方圓還是一臉茫然，開口問他：「你有聽過，自殺會傳染嗎？」

陳方圓不是太肯定這道問題跟他們要寫的作品有多大關係：「你是指，知道社會上愈多人自殺的話，也會讓人愈容易自殺嗎？」不過他倒是有留意到H城最近好像每天都有自殺新聞，媒體開始用「自殺潮」來形容此現象。

「這種現象是『自殺模仿』，雖然不能斷言自殺個案之間的影響，可是少數國家有立例規管媒體報導自殺新聞，例如避免使用『跳樓自殺』而改用『墜樓』等詞，只是H城並未有相關法規。」橫山君活像一部行走的百科全書，知識源源不斷：「由於是關於群體之間的負面情緒影響，所以『自殺模仿』又稱『維特效應』，出自——」

「《少年維特的煩惱》。」陳方圓當然認識這部以感傷主義見稱的德國小說，暗幸終於找到了連結他的知識庫的鑰匙。他突然聯想到書店一堆正能量心靈書不尋常地被擺在顯眼的位置，也可能是出於這個原因。可是治癒一個人本來就不容易，更何況是要治癒一整座城市。

「可是，這由不得我們阻止吧。」陳方圓思索頃刻，仍然疑惑不已：「作家的工作是寫故事，有什麼能做？」

「你說得很對，我們正是需要一個故事。」總編抱起雙手，目光定在貼滿資料的白板之上：「**一個讓他看起來，不是自殺的故事。**」

陳方圓仔細一看，白板中央是一張年輕男子的個人照，下方列有他的個人資料；而旁邊的文件分別羅列出他的死亡時間和現場照片等等，一看才發現，他的法定死亡時間距離現在還不夠四小時。總編解說，貼在白板上的都是一些不能篡改的「既定事實」。

「你小時候有玩過連線畫嗎？」總編試著再引導他：「如果將這些『既定事實』想像成零散的點，『部門』的工作就是將這些點用不一樣的線串連起來，形成一個個截然不同的形狀，亦即是用既有的時、地、人來編出故事，讓媒體報導。」

陳方圓眉頭緊鎖，似是把這句話說出口都在猶豫：「可是……這、這不是造假新聞嗎？」

「哈。你覺得平日媒體報導的故事，有幾成是真的？」柳浩天冷笑一聲，答案不言自明：「反正如實呈上資料，都會有不良傳媒為了點閱率加油添醋編故事，那倒不如交由知道自己在做什麼的人預先編好，至少我們的可以嘗試造成一些正面影響，而不是繼續鼓吹自殺潮。」

陳方圓此刻才認清他們會在這裡的原因，「部門」就是這樣一個官方認可的地下機構。在這裡產出的故事會交由「上面」以官方的名義發放給傳媒，再由傳媒公告社會。走完這條管道的一刻，「故事」就會變成「新聞」。

想到這點，陳方圓頓時想通這群人、包括自己會在這裡的原因：

說到創作故事，沒有人比小說作家更擅長。如果說出版社或文學雜誌邀稿都是選有名的作家，「部門」所做的正好是相反。專業的出道作家大多不屑亦不需要進行這種不見得光的勾當，機會就落到這些名不見經傳、連養活自己都成問題的無名作家身上。

第二章

《羅生門》

父母為他取名為方圓，他從小到大都人如其名的規規矩矩，沒想過竟然會被扯進這等以為只會在陰謀論出現的事當中。

「這名男子叫曾又洋，二十歲，今日中午在H城金融中心墜樓。他本來是H城大學商業管理系二年級生，現正休學中。曾有抑鬱症及焦慮症病史，現場並無拾獲遺書。」總編似乎未有察覺在座的陳方圓心底正在經歷一場自我的道德辯論，逕自站在資料板前給四人派發簡報案子的資料。

以上資料都是不能被篡改的，即是畫紙上不能移動的「點」，而部門的工作就是構思最適當的畫線方法，呈現出最無害、最不會引起公眾恐慌的圖案。

「自殺潮已經擴散得一發不可收拾，上面說如果連這樣擁有大好前途的大學生都輕生，這事實恐怕只會傳染到更多精神狀態不佳的市民。他們說，這宗案子絕對不能是自殺，至於會是什麼，就是我們的工作了。」總編說到這裡，陳方圓不禁打了一個哆嗦，不禁暗想我們——不是，「他們」真的要偽造新聞嗎？

「病史說他曾經有過自殺念頭。我翻看紀錄，時間上說明他是因為無法應付學業而休學，怎樣看也是自殺吧？」橫山君調閱在桌上的病歷紀錄，輕皺眉頭。如果「點」本身太有力，可供編撰的部分不多，作家的工作就會變得很困難。

「病歷不是公開文件，這一點不用在意。上面說不能拖太久，兩小時內就要給記者材料，」總編瞥了手表一眼，焦躁地抱怨：「誰叫他們現在出自殺案的報導都預先寫好範文，換上人名和時間就成。」

「他有家人或朋友出來說過話嗎？」橫山君又問，腦袋顯然一直在轉動。要是有可信的親屬公開發表講話，那些資料又會成為新的「點」。

總編搖頭：「他家裡只有母親，不願多談。警察問話時母親說他沒有朋友，休學後就足不出戶。」

「想像母親今早難得聽到他說想出去走走，應該還很高興。」秋熒瞬即就聯想到畫面，感慨地說。

不能篡改的「點」只有這些，肯定有畫線的空間，問題是他們拿著這堆時、地、人，去創作怎樣的故事，對社會才是最好。

陳方圓聽到這裡，仍然不能相信眼前發生的一切，更不能說服自己加入他們一起篡改真相。如果所有在H城看見的「新聞」都是在這個房間被創作出來，那像他這輩子已經快三十歲的人，讀過的新聞有多少宗是真的，多少宗是故事？他在看報章，和別人議論著某宗時事的時候，他們在討論的到底是這個世界的一隅，還是純屬虛構的小說橋段？房間交談不斷的聲線迫使陳方圓從紊亂的思緒中抽離，然而他待在會議中的好一陣子還是心不在焉。

「我們得合理化他在大廈墜樓的事實。讓主動的『跳樓自殺』變成『不慎墜樓』。如果不是存心求死，為什麼會跑到那處……」秋熒半身爬到桌上為自己點了一根菸，一屁股坐到桌面上：「比如說天台危攝？我看過網上甚至有人專門售出這種照片，一張可以賣到數千美金。」

「危攝者都會有社交媒體帳號，分享照片。我們只有兩小時，你要怎樣用電腦修圖修幾十張曾又洋坐在天台邊緣危攝的圖片，構建一個危攝者的社交帳號？」總編沒好氣地反駁，似是用眼神責怪他不經大腦思索可行性就亂拋想法出來。

「飛躍道怎麼樣？」柳浩天一拍檯面，隨即拋出一個聽起來就夠亮眼的概念：

「或是叫做跑酷，是一種利用城市建築物或障礙等進行的極限運動。我在寫作時研究過飛躍道的動作，很多愛好者都會選擇在天台邊緣進行挑戰，俄羅斯就有人因此而不幸喪命。說曾又洋因為練習飛躍道而失足，這個橋段有一定可信性。」

「嘖，除了這些打打殺殺的，你還有什麼主意拿得出來？」秋熒一出言挖苦，說得眉飛色舞的柳浩天就作勢過去揍他。

總編無視著眼前的打鬧，思忖過後還是搖頭：「這些運動比較冷門，圈子很小，裡面的人或多或少都會互相認識。」他擔心的是這樣報導一出，社會勢必有聲音反對這種本來就具爭議性的新興運動，隨之這個圈子的人肯定會出來反駁，很快就會拆穿曾又洋並非他們一員。作為總編，他重視故事的可信性甚至大於其帶來的效果，萬一情節不夠謹慎被質疑造假的話，部門以後的工作只會愈來愈艱難。懷疑好比毛線頭，一旦冒起了就無法視而不見，潛意識想要拉扯，但愈是拉扯就愈快全盤瓦解。總編不能讓部門冒上這個風險。

「話說回來，曾又洋為什麼能夠輕易進入金融中心？」橫山君轉念一想，回溯曾又洋墮樓之前發生的事。金融是H城的命脈，坐享地理和歷史遺留的優勢，毗鄰國家的大型企業都紛紛轉為在稅務優惠和關口條件都較優秀的H城發展或投資。H城金融發展如日中天，以前同被稱為金融樞紐的Z國也有差不多三分之一的企業選在H城設立總部，為每個年度財政帶來不知多少現金流。

H城金融中心貴為甲級商廈，理應守衛森嚴。在大堂已經要刷卡監管出入，為什麼一個年輕學生能夠自由進出，甚至跑到天台禁地都沒人發現？

橫山君一邊拋出疑團，另一邊已經打開了手提電腦。看著橫山君厚重的眼鏡鏡片折射出螢幕的反光，陳方圓心想不愧是推理作家，這麼快就挑出了案件的疑點。

「找到了。」不消一會，橫山君就在沒有秘密的網路世界找到答案：「今個週末，金融中心將會舉行每年一度的『垂直馬拉松』。」垂直馬拉松是在水泥森林獨有的運動比賽，地點通常是地標性的摩天大廈，讓參賽者由地面跑到天台的攀樓梯比賽。

為了籌備週末的比賽，橫山君推測大廈的管理員得預留時間清潔比賽用到的逃生梯，也會有很多平日不會出現在那裡的比賽工作人員進出，混進生面孔也不會惹人起疑。「所以曾又洋避得過保安嚴密的正門和大堂，是因為他根本沒有乘電梯，而是從逃生梯進入大樓，直抵天台。」橫山君一邊說，一邊理清思緒：「我們可以說他參加了週末的垂直馬拉松，偷入大廈練跑，抵達天台後因為終點的安全設置未完成而不慎失足。」

這次總編沒有急著開腔反駁，皺著眉頭閉上雙目，把橫山君的故事在腦海從頭想像一遍，好像沒有發現重大破綻。

「我們還有一小時。上面的資訊科技部已經破解了他的社交帳號，從那邊入手，堆砌一些有關練跑的貼文，增加這個故事的可信性。」

眾人點頭，總編拿起白板筆，在資訊板上中央以秀麗的筆跡寫上「垂直馬拉松」五個大字，以吩咐的口吻道：「橫山君，這次由你主導。」

被點名的橫山君抬抬眼鏡，不禁用力點頭：「謝謝總編。」

聽見總編的話，秋熒和柳浩天隨即打開手提電腦，橫山君則站在資訊板前思索，不消一會就轉向他們，下達指示：「垂直馬拉松對體能的需求不少，他不可能未經練習就參加。你們參考他以前寫貼文的方式和發文頻率，寫幾篇關於練跑的準備，第一篇得由半年前左右開始發布，最近一篇就在幾天前，說自己為週末已經準備就緒之類，展現得他很在意這件事。」橫山君接著也坐下來，著手撰寫派送給記者的調查報告。霎時間房間只剩下敲打鍵盤的噠噠聲，所有人都全神貫注地盯著螢幕和時間競賽，只有陳方圓一直乾坐著，一來生怕亂動會干擾他們，二來他根本就不知道這裡有什麼屬於自己的位置。他只知道自己不想說謊，也不想作惡。

總編不知不覺間走近陳方圓，以為他內心的道德糾結只是新人的焦慮，輕輕搭他肩膀向他解釋流程。

每次接到案件都會由一名作家主導故事，其他成員則從旁輔助。現在橫山君寫的調查報告就是部門決定好的「故事」，將會由公關直接交給記者，成為「真相」。秋熒和柳浩天在偽造的貼文是讓傳媒得到消息後進行「求證」時，有些可以夾在報導裡增加可信性的證據。

陳方圓沒有辦法相信假新聞居然能以這樣有系統的方式誕生。他站到秋熒和柳浩天身後默默觀察，在全速敲打鍵盤的他們根本注意不了陳方圓的存在。桌面上有幾份被畫得五顏六色的截圖，陳方圓湊近一看，那是曾又洋在社交媒體上真實發表過的貼文。上面的每一句句子都被圈著或劃上線，總編解釋，這是在模仿貼文時必要做的準備工夫。

他們在真實的貼文上分析出使用者打字的用語習慣，用不同顏色的麥克筆圈起了常用的語助詞和語法，提示自己。比如說，曾又洋像很多大學生一樣接受英語教學，說話的時候很容易使用歐化句，這一點用語特徵就很明顯，仿造貼文內容的時候務必要遵從。

這時候就展現出他們身為作家的價值，只眨眼間就敲定了內容，模仿用語習慣就像為句子套上了一層皮囊，夾在真實的貼文當中完全不會讓人起疑。

「但寫完之後，要怎樣讓它們出現在曾又洋的社交帳號之上？」陳方圓才剛眨眼歪頭問道，見到秋熒從文件夾抽出一份資料，參照著輸入帳戶資訊和密碼，社交網站的頁面就登錄為曾又洋。陳方圓咽下口水不敢吭聲，一邊不寒而慄，一邊又責怪自己問了一個多愚蠢的問題。連新聞都是假的時候，民眾的隱私在「上面」眼中又算得上什麼。

一個小時很快過去，橫山君在進行校閱後就交給了總編最後審稿。在來回兩三次進行小幅度的編修後，總編終於提著稿件離開部門，親自向上面請求批核。

「橫山君，」總編在門前定住腳步，稍頓轉身：「做得很好。」

被點名讚許的橫山君沒料到認可會來得如此突然，除了客套的「謝謝」一時間也答不上什麼話。

「有什麼做得好啦，他明明還來回修了幾遍。」柳浩天待總編一走遠就吐槽，只有橫山君懶理：「作家只有一個任務，寫出導人向善的好故事就是做得好。曾又洋的故事由自殺變勵志，有什麼不好？」

門一關上，部門又隨即煙霧瀰漫起來。剛才一小時三人忙個不停，終於掙到時間喘息。柳浩天第一時間伸了個懶腰，往嘴裡送上一根菸叼著，秋熒先為她點火，然後才到自己，讓陳方圓意想不到的是連橫山君都點起菸來抽。他的文靜模樣和香菸看起來極不搭調，不過他又悄悄地瞧了一眼柳浩天和秋熒兩人，他們看起來也不像是有出版過小說的作家。想到這裡，更叫陳方圓納悶的是這些人最不像樣的還是在部門工作，替這座城市的管理人員篡改事實，從事捏造新聞這般齷齪的工作。如果作家的任務只是寫出好故事，他們寫出了這些讓社會變「好」的故事，又代表什麼？而讓他心情更複雜的是，他正坐在這裡。陳方圓終於意識到，這個問題不再是獨善其身的倫理探討。

在陳方圓陷入無底的沉思時，秋熒禮貌上也向他打開菸盒，遞出加入這個社交圈的邀請函，可是陳方圓只是吃了一驚，失措地擺手婉拒。他不敢貿然離開，只好突兀又不自在地坐在他們當中。一點起菸，談話的內容就像霧氣一樣飄得漫無邊際。

「對了橫山君，我還未恭喜你。推理文學獎今天好像公布複選名單了。」

「唉別提了，我投了兩篇都沒有入圍。」

「我知道啊，所以這樣才要提。恭喜你連續三屆落選，這不容易吧。」

「……我至少完成了兩個故事，總好過秋熒，他什麼愛情鉅著寫了一整年，女主角人影都沒有！」

「你懂什麼，這是鋪陳。要快的話一開場兩人就直接上旅館好不好？」

「等你鋪完讀者都跑光了，寫毛線？」

說著說著，話題不知不覺又回到剛才的案件之上。

「H城這麼小的地方，一星期卻出了六宗自殺案，」柳浩天呼出一口煙，心有餘悸：「太可怕了。」

「五宗。」橫山君再一次糾正她，語氣特別嚴肅：「曾又洋是不慎失足的，不是自殺。」從那一紙故事離開部門的一刻起，故事就成了事實。

聽到這裡，陳方圓終於抵受不住，連咳了幾聲便奪門而出。也許是煙霧太嗆，陳方圓感到自己亟需出來一個沒有人的地方透透氣。他一個人在地下一層的狹長走廊上，倚在牆壁稍一失神就乏力跌坐地上。明明自己也沒怎麼勞動過，身心卻比起在餐廳值八小時的班累得多。今天他在裡面聽見的一切顛倒了他對世界的認知，頓失方向、頭暈作嘔或許是自然現象。

很快部門的大門又再被打開，前來關心他的秋熒見狀便陪他坐到地上，衣衫沾上的菸草味縈繞不去。怕場面太過窘迫的陳方圓脫下眼鏡裝作抹拭，還未開口秋熒就像會讀心一樣，率先說出他心底敢想不敢說的話。

「你覺得我們很不可理喻吧？你心想我們這群人不去好好寫作品，跑來編假新聞，算什麼作家？」秋熒故作裝出義憤填膺的腔調，可是陳方圓完全沒有被他逗笑。事實上，他覺得離譜的不是這群人，而是部門本身的存在。但再不懂人情世故的他也不可能在第一天上班，就否定整個工作部門的存在意義。

「總編常說我們部門的行政宗旨，是『好心做壞事』。」秋熒俏皮一笑，接著解釋：「不是俗語中說一個人的出發點是善良的、卻在不知不覺間壞了事的意思；我們在部門所做的其實正好相反，我們是真正地懷著想要讓社會變好的『好心』，去做一些明知是不對的『壞事』。」他說為了讓我們的世界變好，這些壞事都是必要之惡。

陳方圓的思緒愈來愈紊亂，但他堅定告訴自己得明辨是非，不能被他們的隻言片語迷惑。「如果你們稱篡改真相、欺騙公眾的行為是『好心』，這個地方跟《一九八四》的真理部有何分別？」陳方圓一生循規蹈矩，連騙餐廳老闆請病假都不敢，要他騙過全世界未免太天方夜譚。

秋熒眉頭一緊，瞬即又恢復餘裕的笑容：「你搞錯了，造假新聞的行為是『壞事』，維護社會秩序的本意才是『好心』。」

他愈解釋得理直氣壯，陳方圓就愈覺荒謬：「曾又洋唸工商管理，最後千選萬選，卻選在金融中心結束自己的生命——你不覺得，他有話想要告訴世界嗎？」一想到這裡，某種無以名狀的難過就在陳方圓體內湧現，壓得他像仍在那個充斥著濃煙的小房間透不過氣來：「而我們卻因為要維穩、要維護社會安寧這些漂亮話，所以將他用生命表達的怒意、悲傷、絕望什麼也好，都像粉飾太平一樣掩蓋掉。」他反覆詰問過自己的良知多遍，這真的沒有問題嗎？

秋熒不想光坐著說話，他驀地站起，拍拍褲子上的灰塵：「我帶你去看樣東西。」

陳方圓本想回答沒有這個心情，可是秋熒已經伸出了手，作勢想要拉他一把。陳方圓不好意思推卻，一把搭上了秋熒好比女生一樣纖細白皙的手。

秋熒走在前頭，地下一層只有一條窄長的走廊，盡頭只有電梯。陳方圓不瞭解秋熒要帶他看的是什麼，他們在電梯前止步，秋熒亦沒有按開電梯門的打算，陳方圓就更加不明所以。

「你看看這裡，」秋熒在電梯前的一格磁磚距離抬頭，沿著牆壁指向上方：「猜到這裡以前是什麼地方嗎？」

陳方圓跟著仰首，周圍燈光幽暗使得能見度受阻。他隱約發現原來就在電梯不遠處，有一扇長滿鏽蝕的鐵閘門依著牆壁之上，不認真看只會以為是牆身的一部分。秋熒仰視的牆壁上方有一個裝置：把鐵門打開的話剛好夠封住走廊，而頂部的這個裝置則可以把門卡死，固定在同一位置。所以說如果他們人在靠近部門那一邊的話，鐵門就只能往他們的方向拉，電梯那端的人怎樣推也推不開。

秋熒見陳方圓已經發現了閘門，索性揭曉：「這裡上面是政府大樓，以前地下這個地方是廣播室。戰時所建的電台都會有這種防護門裝置。那是考慮到在戰爭當中，萬一政府大樓整座被入侵，在電台工作的人員就把自己反鎖在廣播室那端，誓死保護廣播系統。」

提及這般嚴肅的原因，陳方圓不禁打了一個哆嗦：「只是廣播室會有這種裝置？」

「這裡的廣播系統可以接通到整座城市。萬一被敵軍侵占，他們不就能用我們的廣播系統，來傳播他們的思想了嗎？」秋熒故意一頓，方繼續說：「廣播系統的影響力很大，在興建的時候就要確保它們不會落到壞人手上。」

部門現在的辦公室，就是以前的廣播室改建而成，傳承著同一套使命。

「這些和我沒有關係。」陳方圓當然知道秋熒跟他說這些都是為了合理化他們所做的事，裝傻作懵只是他一下不知如何反駁的權宜之計。

「你有沒有聽過新聞價值的六要素？」秋熒提出另一個問題，不待陳方圓回話他就逐一豎著手指數算：「即時性、影響性、異常性、重要性、接近性，和趣味性。就算我們如實報導曾又洋自殺輕生，然後呢？」秋熒收起了笑容，四周的空氣也好像僵結得不敢流動。他反問陳方圓：「這個城市的人會把新聞瘋傳一天？還是兩天？直至有新的新聞淹過，它的『即時性』就會減低。加上自殺潮愈吹愈狂，很快自殺對於這個都市來說已經不再『異常』。你想想，一個星期六宗自殺案，是不是反而有一天沒人自殺才是『異常』？沒有人會像我們記得曾又洋的名字，沒有人會記得有人在金融中心跳下來過，他是普通人，不是什麼明星要員，該個地段的房價還會繼續飆。」他道出無人願意承認的事實，無論是一宗自殺案還是十宗，金融中心不會成為凶宅，它方圓十里的一帶還是貴得我們所有人都住不起。可是對於容易被自殺潮影響的群眾，得知再多一個人輕生，就足以讓他們成為下一個。

陳方圓不笨，他能夠理解秋熒所說的話，以至部門的原意。以前常聽到人說，以死明志的人是選擇用他們最有力的一次機會，來述說最想傳達的訊息。可是這個年輕人，連死亡都得被曲解。陳方圓一想到這點，就覺得說不過去。陳方圓意識到自己的眉頭好像從一開始就沒有放鬆過，使得他頭疼得不得了：「所以，我們就可以無視死者的意願，無視他的犧牲？」

「不是。我們是在好好運用生命的重量。」

突然，一把男聲從他們身後響起。那把嗓音一聽就知道不屬於秋熒，他們同一時間轉身，才發現總編已經不知不覺地回來地下一層。他兩手空空，剛才在這裡產出的故事已經披上一層皮囊，面向外面的世界。

秋熒識趣地閉嘴，藉口要回去工作。幽森的走廊只剩下總編和陳方圓。其實總編倒是慶幸秋熒讓陳方圓談開了自己對於部門的感受，他才有機會向新入職的成員解釋。陳方圓感到迷惑是正常的。畢竟世界的善惡對錯從來就不簡單。

「上面要我們改寫的故事，大多都是牽涉人命的。除了因為人的天性對死亡望而生畏，需要好好處理公眾的情緒以外，更多是因為生命是很重的，而這份重量值得更好地被使用。」總編一雙老練的明眸向陳方圓撒去，堅定得像要把話像釘子一樣牢牢固定在他的心頭：「死去的人很重要，活著的人也很重要。」

陳方圓不自覺咽了一下口水，站在走廊動彈不得。他抬頭再看舊日建成的鐵閘，一想到這個地方曾有這般高貴的使命，現在裡面卻變成了烏煙瘴氣的潦倒作家聚集地，不禁百感交集。

總編厚重而溫暖的手搭在他的肩膀上，盡可能釋出善意：「我明白你或者一時不能接受，但很遺憾告訴你，你不做的話，我還是會去找另一位作家頂替這個位置。部門不會因為沒有我們任何一個人而消失，包括你，包括裡面每一位作家，也包括我，假新聞不會因為我們的潔癖就此絕跡。」陳方圓知道總編沒說白的是，由他們做，至少世界有機會變好一點點。

「不過，你相信嗎？」總編繼續自顧自地說話，即使陳方圓一直沒有回應他也絲毫沒有不自在：「一個月後，我想你就會心甘情願地待在部門。」

此時陳方圓終於抵不住，開口反駁：「我不太相信。」雖然他的想法還很含糊，但至少此刻他還無法說服自己這是一份正當的工作。

「你的夢想是寫故事，不是嗎？」總編說，在這裡的工作就正好是寫故事：

「而且，你也需要這份薪水。」

遺憾地他說得很對，陳方圓已經辭掉了餐廳的工作，下個月還得交房租。他同樣想到這一點，嘴硬說著：「我會在這個月內去找新工作。」事實是，陳方圓也沒自己想像中清高。道德是生而為人的尊嚴，但也要先生活得了。

總編見陳方圓暫時打消了辭職的念頭，和他踱步回去走廊盡頭的小房間。在那段二百米左右的路上，總編又佯作不以為然地跟陳方圓閒聊。

「你又有沒有想過，曾又洋可能真的不是自殺，真的是想去練跑，或者單純地想到高處看一下這座城市而不慎失足？」

「不是說他有自殺未遂的紀錄嗎？」陳方圓剛才雖然沒有任何貢獻，他可是觀察得入微。

「可是這是以前的事，現在他怎樣想，我們沒有人說得準。說不定他真的是去練跑，也可能是貪新鮮去了天台危攝，或者玩什麼飛躍道。」總編的言下之意是，現在我們又沒法向他本人求證，真相已經不得以知：「就像『羅生門』。」

「是《竹藪中》。」陳方圓低喃了一句，並不打算讓總編聽見。

「嗯？」空無一人走廊有迴聲設計，放大了陳方圓夢囈似的話。

陳方圓見總編追問，只得硬著頭皮說清：「很多人以為『羅生門』是指眾人自話自話、真相撲朔迷離的狀況，其實這個內容是出自芥川龍之介的另一部短篇作品《竹藪中》，講述多名證人各執一詞的證言。不過因為後來黑澤明將故事拍成電影，電影名稱正是《羅生門》的關係，所以才會造成這種約定俗成的誤會。真正的《羅生門》其實是講述人性自私……」

總編一直瞪著陳方圓的側臉，注意力早就飄到老遠。他發現這段是他聽陳方圓所說過最長的話。

回到部門，菸草燃燒的氣味撲面而來。三人沒再圍在桌上抽菸聊天，而是各自打開了手提電腦，整個空間就只剩下鍵盤此起彼落的噠噠聲。他們互不交談，只有放置在桌面中央的菸灰缸成為他們的交會點。總編刻意擋住大門，讓它安靜地合上。他在陳方圓耳畔解釋，在沒有案子的時候他都會允許作家們埋首寫作自己的小說：「身為作家一旦放下筆桿，再要拿起就很困難了。」

陳方圓好奇眾人在寫的小說，踮起腳尖往他們身後悄悄觀察。他在橫山君身後看了一會，他在寫的應該是一個社會派的推理故事。

陳方圓看著橫山君的背影，指頭在鍵盤間飛舞，不到一分鐘又打滿了兩行字。雖然打字的速度很難趕得上看字的速度，可是目睹一篇小說的情節這樣逐字逐句地生產出來，又是別有一番風味。他留意到橫山君打字的準確度一下子下降不少，打了一個字又刪去兩個，下一秒他就按下捷徑鍵把整份文檔關掉，畫面只剩下活潑的動漫桌布。

橫山君用力一蹬，滾輪椅子就轉到陳方圓面前。橫山君抬抬眼鏡，不苟言笑：「我不喜歡人看著我寫稿。完成之後，你有興趣我再傳給你看。」指間難得離開了鍵盤，他才有空閒去挾上被擱置在菸灰缸上、已經燒掉一半的菸。

「很、很對不起，」陳方圓連忙向橫山君道歉，情急之下還鞠起躬來。同為作家的他其實也不喜歡被監視著的感覺，這種行為實在不該：「我只是看著看著就很入迷，很想追看下去，打擾你工作萬分抱歉。」

「那倒不要緊，反正我的故事都沒人看，我今天寫不寫完也沒人在意。」料不到橫山君話鋒一轉，言談間滲出自嘲與自我安慰的複雜情感。

陳方圓歪頭，好奇橫山君這話何解。橫山君勾勾指頭，著他湊近手提電腦。

「我現在在這個論壇連載小說，說好每兩天就會更新三千字，可是你看我連載了快半年，瀏覽數只有四個。」橫山君點開了一個陳方圓從未見過的網站，看上去光是首頁就至少有幾十個故事正在連載。在網上寫作的競爭如此之大，陳方圓覺得橫山君的故事未能引起迴響也不一定全是他的問題。

游標點擊其中一個故事的標題，螢幕隨即轉到另一頁面，名稱為「橫山君」的用戶在五個多月前開始建立了這個帖子，名為《耆談偵探事務所》。故事的舞台在社區內的一家養老院，講述一群長者為了解悶，不停透過挑出院舍內的蛛絲馬跡作出日常推理，比如說昨天的午餐餐單明明寫有蒸肉餅卻變成了蒸水蛋、又或者負責值晚班的護理長為何在上星期缺席了兩週，回來後變成日班等等在院舍出現的日常問題，從而帶出照護者、家屬和長者本身在安養服務的角色和難處，當中亦有不少因各個崗位迥異的出發點而造成的誤會，是一部揭示多方面社會問題的社會派推理作。

「這很有趣嘛！」陳方圓讀著簡介就看得興味盎然，他不知道自己輕輕一句讚賞就足以讓橫山君樂上一整天。

橫山君捺住內心無盡的竊喜，強行裝出作者的鎮定和專業：「我的構思是來自推理界用詞『安樂椅偵探』，本來是指單憑助手或委託人提供的線索就作出推理，不需要到現場進行勘察的偵探角色。可是我經常就想這個詞語說得這麼具體，如果我真的寫出一位坐在安樂椅上、利用老人的智慧去破解日常謎題的故事，或許有很大的發揮空間。而且老年人在社會上經常被忽略，我想寫一個以他們為主角的故事。」

橫山君孜孜不倦地跟陳方圓分享自己的創作理念，陳方圓的掌心卻已經接管了滑鼠的控制權，目光定在螢幕的故事頁面之上。一如橫山君所言，半年以來他隔天更新至少三千字，《耆談偵探事務所》已經由第一季寫到第三季。陳方圓隨意看了幾段，想法不錯之餘，行文通順易讀，當中還夾雜了不少他光看橫山君外表，斷不會想像得到出自他口中的笑話。平衡和完整度都這麼高的作品，看的人加起來還是只有個位數；陳方圓點回故事列表的主頁面，選中目前人氣榜位列第一的故事——卻在閱畢頭一段後就看不下去。先不說內容情節，就連標題短短的十數字都已經有錯別字，連故事標題都不校對，陳方圓光是看著就已經沒有好感。加上頭一段內容沒有任何鋪陳，光是主人翁的設定介紹就一點點地羅列出來，明明白白地說主角是個冷硬嚴肅的退休警官，角色說出的第一段對話就用上了好幾個富有少女感的語助詞，看起來就只是作者把自己說話的口吻不假思索就抄寫進去；而且故事說背景定在七零年代，警官竟然會使用蘋果手機拍照記錄證據？最誇張的是還未到頁底，一千字不夠就已經破了連續殺人案？陳方圓懶得再對內容吐槽，轉到觀看故事的數據，這個故事不過連載了三天，就已經有高達七百個讚和上萬次的點閱率。再看網民的留言，竟然全部都非常正面。

「這個故事到底什麼回事？讀者們不會覺得過分嗎？」陳方圓禁不住向橫山君抱怨，這個故事怎可能獲得這麼高分數，這件事情就比故事中的內容更不合理。這使得陳方圓反為轉念一想，咬咬牙鬪出另一可能：「還是這是這名作者的獨有風格？這些荒謬都是伏筆，他後面肯定還有更強大的反轉⋯⋯」

「不是的，這個故事就是這麼多漏洞。」橫山君一口就否決他的猜測：「其實不止是它，你看排行榜前十位、甚至二十位都是這類型和風格的。」差不多一頁就看完一整個故事，幾百字內就完成一件事，然後又開始另一件事，但事件與事件之間又不見得有太多關聯。與其說是「小說」，這些更像是「大綱」。

「讀者不會抱怨嗎？」一整頁十多個故事，有接近一半都是如出一轍的標題。陳方圓剛開口問就覺得自己的問題多餘。他親眼也見到那百多則留言都在讚賞故事好看精彩，卻又說不上有哪裡好看。橫山君解釋，他分析過不少這類當紅的故事，發現他們的共通點都是「速食」。這些作家看準讀者的耐性不多，一天就得說完一件事，所以故事不會有伏筆，也不會有精密的結構，務求在最簡短的字數說完一段故事就完事。作家自然也不會多花時間在校對或安排深意之上，因為每個點擊下去的讀者，看故事的意思只是瞥完一段文字，就如平日讀完一則簡訊，錯字別字、結構鋪排，他們很可能就毫不在意，甚至毫不知情。

陳方圓對這些連載故事的平台認識不深，但愈聽就愈是替橫山君覺得太不值。橫山君點回主頁面的排行榜續說：「每天點閱率和評分最高的故事就會出現在排行榜之上。故事愈是矚目，就能吸引到愈多新讀者點進去。於是就變成了一個循環，愈有名的作者會愈有名，名不見經傳的作者就永遠深埋地底。」橫山君聳肩苦笑一下，故意環顧四周。

陳方圓不想說那些「就算台下只有一個觀眾都要為他演奏」之類的俗話。他想了一會，說出來的話卻好像更俗氣：「如果我們在寫的過程都夠快樂，完成了一部作品就算獲不獲獎、出不出版我都滿足，光是這樣不已經值得寫下去嗎？」

「你白癡呀，」橫山君索性關掉網站，看進陳方圓的眼睛對他說：「有人看的才是小說，沒人看的，只是作者的個人自瀆。」他不痛不癢，就像不覺得自己對剛認識的人說了什麼粗魯的話。

陳方圓又突然想起了為啤酒廠寫過的幾份文稿。酒廠老闆在他面前多次的欲言又止，想說的也是這種話嗎？那些他為新產品寫的意識流文章，真的只是他的自瀆嗎？

總編房的門突然從裡面打開，看螢光幕看得眼酸的總編一邊揉眼睛，一邊輕描淡寫地說報導已經出來了。橫山君聽聞便隨即打開各大新聞網站，大家一下子就擠到陳方圓身邊，全都圍著橫山君的手提電腦看。

【商學生備戰垂直馬拉松，堅持抵達終點不幸失足身亡】

故事明明是在這裡誕生的，被濃縮成標題後感覺好像迴力鏢。他們把它精打研磨後用力甩了出去，繞了世界一圈後，又回到這裡的小螢幕。

近視又不願意戴眼鏡的柳浩天推了陳方圓一下，瞇著眼睛把臉湊到螢幕老近：「他們可是連天台都沒有提過？」

「他們用『終點』淡化了『天台』。」眼尖的陳方圓一下挑出了重點，他一看就洞悉了這些記者的把戲。文字帶有屬性，這是長年累月的語感累計而來：「天台會很容易就讓人聯想到跳樓輕生，反而終點的聯想詞就會是比賽之類，聽上去也比較正面。」

「不知情的話，讀起來還滿熱血的。」柳浩天苦笑。

「這星期天天的報導都有『天台』，難得我們拋出了個『垂直跑』，他們怎麼不如獲至寶。」總編認真地分析，新聞也得要「新」才有人看。陳方圓聽出了這就是秋熒跟他提過新聞六要素中的「異常性」。不異常的事，憑什麼占據新聞頭版。

陳方圓心裡其實明白，如果沒有部門編造故事，昨天的標題「自殺潮下第五人」和今天的「自殺潮下第六人」，對事不關己的群眾而言都沒多大區別，反而再幼小的稻草也會壓垮本來受困的人。連讀的人都麻木了，看完也等於水過鴨背，就像橫山君在網上連載的故事。我們的城市自身異常於，把異常習以為常。

橫山君把新聞內文從頭到尾看了一遍，基本上和他撰寫的沒有兩樣，唯獨標題的側重卻是每間報社都有些出入，像這道標題而言：「這樣大家就會以為他是心肺功能出事之類的原因猝死吧？」

「唔，雖然內文有提及他是在終點所在的高處失足，但你看這裡，」秋熒指向新聞底部的一截引述，跟著朗讀起來：「『運動科學教授表示，每年馬拉松都有不少市民體力不繼而不幸喪生，這號隱形殺手每年至少奪走數條寶貴性命，專家鼓勵市民應量力而為，平日可保持輕度運動的習慣，讓身體循序漸進適應……』」報導的內文完畢，下方還有連結：「延伸閱讀：健身教練教你三招練出馬甲線」。

跳過了延伸閱讀的部分，不少新聞網站在每篇報導下方還有留言版。新聞在半小時前面世，已經有不少留言源源不絕湧進。

「可惜一名運動健將！祝安息。」

「我們看到你衝終點了，你做得很棒啦！」

「好好休息，辛苦啦。」

「各位跑手真的要小心照顧自己！PB不是一切。」

「願年輕人在更美麗的地方繼續自由疾走。」

橫山君一直負責執住滑鼠，把留言一則一則地滑過來看。柳浩天乾脆占據了陳方圓旁邊靠近螢幕的位置，累得托著腮說話：「好像不錯。」

在部門的故事下，曾又洋突然成了運動健將。他們常開玩笑，說新聞界有定律，凡是枉死的都必定是好爸爸、經濟支柱。曾又洋離世了，也突然由休學的大學生變成商科奇才、運動健將。

眾人看到留言像小時候玩的傳話遊戲「以訛傳訛」，故事說曾又洋想跑垂直馬拉松，然後就有留言說有跟他一起練過跑，下一則又說他是越野跑手，最後還有人說他是紀錄保持者。

「說到底，還得要這些不經大腦就來蹭熱度、湊熱鬧的留言，我們的故事才會穩如泰山。」秋熒呼了一口煙，似笑非笑地說著：「部門真應該撥經費發薪給他們。」

橫山君用指節骨輕抬眼鏡，幽幽地諷刺：「那他死前，也真的跑過幾十層樓梯。」

「看來這些人也真的開始注意起身體來，」柳浩天乾脆搶過滑鼠，自顧自地繼續掃視留言版：「哈，你們快看，這裡還有人說要多支持H城的長跑運動員。」說罷噗哧一笑。

秋熒自覺看夠，退後一步伸了個懶腰：「就像我們寫的小說一樣，出版後就有自己的生命。誰知道寫完以後讀者會有什麼反響。」作者已死，本來就是這個意思。

總編點點頭，再一次對今次的故事負責人拋下讚賞才回去房間：「幹得不錯。」

橫山君內斂地點頭道謝，其他人也逐漸散去，回到自己的電腦上繼續寫作。橫山君沒有馬上關上視窗，反而再瞥了一眼新聞網的數據。這條新聞在半小時前面世，瀏覽數已有7817次。他心中暗想：無論如何，這也是出自我筆下的故事。

如果他在連載的小說有四個人瀏覽過，已經讓他樂不可支，那麼在部門出一個故事，就夠他快樂二千遍。這座城市有七千多人看過他的故事，而且也發現不到破綻。對推理作家而言，這個故事也夠值得自豪吧？他這樣想著，又再一天滿懷抱負地離開部門抬頭挺胸地下班。

當天晚上，陳方圓輾轉難眠。他在床上爬起來，拿起手機瘋狂似地在網上不停搜尋曾又洋的新聞報導。留言版全是可惜他英年早逝、呼籲大家注意身體、運動時量力而為的勸告。沒有一則留言提及自殺潮，也沒有人懷疑曾又洋根本沒有參加垂直馬拉松。心緒不寧的他徹夜滑著手機，不忘查看每一個他所知的新聞網站——還沒有新的自殺個案。

H城的自殺潮真的因為他們而止住了嗎？但他無法分辨到底是真的沒有，還是在部門被擱住了，等他們回去改編。

雲層滲出第一縷晨光，這是陳方圓第二次想，自己的生活或許會從此變得不同。

第三章

《羅密歐與茱麗葉》

陳方圓在回去部門的路上，身後被人使勁一拍。心虛的他被嚇得心臟快跳出來，驀然回首才發現是柳浩天。

「你果然來了！」柳浩天一見到陳方圓就心情大好，莫名其妙的熱情讓陳方圓隱約戒備。柳浩天和他同道而行，見陳方圓老是擺出一副不明所以又不敢深究的樣子就覺得可笑，不忍他被蒙在鼓裡：「他們打賭你今天就不幹，只有我押注你還會來。」

陳方圓聽罷百感交集，他沒想過他們還會在背後談論自己：「因為？」他鼓起勇氣追問，同時又不希望太著跡顯得自己好奇：「因為我看起來太循規蹈矩，看準我不會和你們同流合汙嗎？」

「不是，因為你看起來夠窮。」柳浩天趁有一段路程，從口袋掏出香菸來抽：「不要誤會，大部分的作家都很窮。」陳方圓自知她說得對，他需要這筆錢。將時間全留給寫作、不用到處兼差是他很多年來的生日願望，只是夢想來臨的形狀往往跟想像中不太一樣。

「你也別誤會，」陳方圓和柳浩天並肩而走，他卻一直盯住在地面拖磨的鞋尖說話：「我只是答應了總編，我會在這裡工作到找到新工作為止。」

柳浩天剛吸了口菸，往反方向呼出直線：「隨你的便。」她看起來也真的毫不在意。

陳方圓和她並肩走著，想起自己剛才下車不久就遇見柳浩天，而那個方向除了來往他家的班次，似乎也沒有其他路線。沒想太多的陳方圓隨意問道：「你也住這邊嗎？」他往回頭的方向努努下巴，望向人跡凋零的車站。

「不是，」柳浩天遙指車站更遠的一座白色建築：「我剛從那邊醫院走過來。」

陳方圓直直盯住她嘴邊的菸，忍不住嗆她：「那你還……」

「不是我啦，」她擺擺手，白眼之餘又呼了一口煙：「是我父親，他在一個多月前因肝衰竭入院，在等器官移植。」

「你不休假去陪他？」陳方圓聞言不禁憂心起來，含這些字詞的對話通常都一點不輕鬆。

「總編也叫我休假，但我說不好。我們在醫院還不是光坐著煎熬，有事忙反而過得比較輕鬆。反正我在上班前去看他就可以了。」她說得雲淡風輕，可是陳方圓一想就知道，早上不是醫院規定的官方探訪時間，要是她可以破例探訪，情況肯定不算樂觀。

陳方圓沉默得太久，柳浩天很難察覺不了他的在意：「你不要擺這副模樣啦，他現在已經在移植名單的頭幾位。醫生都說，再等一下就好了。」說罷她又望向上方吹了一口吸得特別深的煙霧，濃煙冉冉上升到好幾吋之上才完整散去。陳方圓覺得她此舉，好像是要往天空盡頭傳送出什麼一樣地虔誠。

「你們在部門多久了？」陳方圓想換個話題，早上的氣氛不要太沉重。

「我嗎？只有兩年。在我們之中橫山君是最早來的，之後是秋熒，最後才是我。」柳浩天又別過臉呼煙。這下陳方圓才留意到，她是知道自己不抽菸，故意別個臉才吹出煙霧：「老實說，我不是太懂總編為什麼要找你來。你是寫純文學的，雕琢文筆講求意象，部門寫的故事是要改變社會，你的文學有什麼用？難道我們會在新聞放《悲慘世界》嗎？」

雖然一天相處下來已知她的個性率直，可是陳方圓倒沒料到她會這樣當著自己的面說。「那為什麼你要寫武俠小說？」他想起總編在書店折扣區買來的《鞘舞江湖》，正是出自她的筆下。雖然陳方圓還未認真讀畢，可是他也不認為她寫的打打殺殺有多能改變世界。

談到自己的作品，她倒是瞬間就收起了嬉皮笑臉，擺出作家的模樣：「在武俠小說，無論是十回、五十回還是一百回，最後善良的人無論能力多廢都一定會得到勝利，相反壞人武功再強，最後一定會不得善終。只要看到最後，結局總是公義的。現實世界偏偏不這樣運作，所以人都需要一點包裝成希望的奢望，即使是虛構。」所有作家在談起自己作品的時候，都是最自豪的。

柳浩天手上的菸還未燒完，他們在高聳入雲的官方大樓前停下腳步。陳方圓抬頭想要望向大樓的頂部，灼眼的陽光卻將建築物一半以上的外牆都用強光籠罩。他愈是嘗試努力撐開眼皮直視日光，視網膜傳來的痠痛反攻得他眼淚直飆，還被柳浩天笑他大清早班也未上在哭什麼。

柳浩天把菸蒂隨意拋在地下，用帆布鞋狠狠踩熄火光後，兩人各自取出自己的工作證，輕觸大門的感應器便亮起綠燈，玻璃門優雅地敞開。在外面的人都以為官方大樓掌握所有資訊，愈上層的人就保有愈高的機密。有誰會想過真相往往深埋地底，由他們這群無人問津的落泊作家杜撰。

他們坐上只向下行的電梯，門一關上便成了密閉空間。陳方圓定眼盯住緩緩跳動的樓層顯示器，突然開腔：

「我想，可能是沒有用的。」

「什麼沒有用？」陳方圓突然擱下這話，柳浩天一時反應不來。

陳方圓這時才轉個臉，向她繼續說：「法國文學家羅蘭巴特說過：『文學不能保證派上用場，卻能讓人自由呼吸。』你問文學有什麼用，我在想它現在可能真的沒有任何作用。但每個時代的社會也需要文學，它未有實際功能，但它有存在之必要。像我寫小說是為了記下對現實的觀察。」電梯盡職把他們帶到地底一層，昨天秋熒就是指著這道倚牆的閘門，述說上個世紀戰時的故事。

「要是有天一切真相都像這些新聞被篡改，可能不是我們，而是其他人……這樣的話，文學就成為世上唯一的複本。有朦朧的意象去誓死保護著一份真相，很安全。」他說選修歷史的時候老師說過每個時代，都需要有人去記錄。

柳浩天一直聽完，罕見地沒有打斷。「如果這個時代的人絕望到要從武俠小說中尋求正義，」她隨他踱步，低頭盯著自己的腳步說：「那亦是時代紀錄呀。」

＊＊＊

陳方圓和柳浩天回到部門，迎面而來的煙霧褪開，辦公室的其他人都已經到齊，正圍著資料板愁眉不展，被開門聲打擾才不約而同將目光投向剛到的二人。空間鴉雀無聲，如果氣氛的凝重是肉眼可見，那就是眼前這個形態。

「又死人了？」柳浩天率先走到座位放下背包，乾脆坐在會議桌之上毫不諱言問道。她瞇起近視的雙眼，只隱約見到資料板上這次有三張大頭照。她挑挑眉，還是不能確定：「自殺？」

總編和橫山君逕自盯著資料板沉思，只有秋熒默默搖頭。

「嘛……」柳浩天嘗試說點什麼緩和氣氛：「至少我們暫時不用擔心自殺潮了。」

此時，最意想不到的一把嗓音居然開腔：「不是自殺，即是他殺？」

陳方圓鮮有的參與令眾人都抬頭報以注目禮。被眾人盯著看的他不好意思，連忙為自己說清：「什麼？我既然答應留下，總不能毫無貢獻坐你們便車吧？」

大家極有默契般面面相覷。第一個把話題撥回正軌，認真回答他的人是總編：「沒這麼簡單。」

總編見成員到齊，示意他們坐下準備開始簡報會，意味著部門正式接下這宗案件，資料板上的原始真相將永遠留在這個房間。

總編指著第一張大頭照：「第一名女死者，51歲，林帶群，昨夜在H城公園遭一名男子殘忍殺害。死因是身中多刀失血致死，初步推斷死亡時間是凌晨三到四點。目擊者表示群姊是在熟睡時被襲擊，凶徒並非他們認識的人。」

「熟睡？不是說她是在公園被襲嗎？」柳浩天打斷總編，舉手發問。

橫山君皺著眉，把她舉起的手硬壓下去：「你聽下去就明白了。」

總編瞄了陳方圓一眼，確保他還在認真留神才繼續說，指向第二和第三張大頭照：「目擊者，65歲，李煥財。他因為夜歸而剛好目擊群姊被襲，拿著棒球棍上前阻止兇手。扭打中兇手頭部受重擊，倒地時撞上公園石壆當場死亡，而一心救人的目擊者財叔在打鬥中亦身受刀傷，送院後不治。送院時他曾表示自己和群姊都不認識兇手，可能是住在附近其他公園。」

「他們……」陳方圓盯住資料板上的三張照片，在腦海將他們的臉容嵌入總編剛才的案件簡報之中：「是遊民？」

橫山君浮誇地拍起手來，故意開玩笑道：「恭喜，你不用成為全房間最笨的人。」

柳浩天聽罷使勁甩了橫山君的後腦一下：「我只是在思考！不是猜不著！」

陳方圓沒有加入他們的胡鬧，目光轉瞬又重新回到資料板之上：「所以說，群姊和財叔是住在同一個公園的遊民，而他們就在昨晚被另一個遊民所殺？」

「除了財叔的口供，警方也到過事發現場向住在同一公園的遊民套話，他們都說沒見過兇手。」總編今早不到七點就接到上面通知，回來接下這單案子，早將手上的資料倒背如流：「兇手身上並無身分證明文件，但憑衣著猜測，這人徹夜在公園流連，加上到現在也沒有家人通報他失蹤，說他是遊民應該錯不了。」

「雖然是遊民殺害遊民，但問題是他們互不相識的話，」陳方圓咬咬牙，還是決定有話直說：「這不是隨機殺人嗎？」

一直在苦思的總編驀然抬頭，乾脆地回答：「是的，就是隨機殺人。」因為這樣，所以上面才會緊急把他大清早召回來，要部門接下案子。

「警方說在兇手身上搜出少量毒品？」秋熒從厚重的文件當中抽出一張報告，嘗試挑出動機：「他是嗨了才去殺人吧？」

橫山君亦早有讀過這份紀錄，但他認為這並不是重點：「不排除是受藥物影響，但這次的確是隨機犯案，只是他殺的人剛好同樣是遊民。如果他是在大白天失去理智的話，殺的可能就是兩條街以外的幼稚園學童。」

總編盯住資料板上的地圖凝視良久，久得差不多發起呆來才記得要往橫山君點頭。事實上，今早上面的人也是跟他說了同樣的話：「直接報導『流浪漢隨機殺人』肯定會引起群眾恐慌，而且上面不希望市民敵視遊民。下個年度用來興建臨時宿舍的撥款被叫停了，本來快將可以入住的遊民恐怕又要繼續露宿。市民如果因為這件事而要趕絕他們，上面會很難做。」

H城是出了名的地少人多，加上寬鬆的移民政策，土地壓力百上加斤，房價更是飆得不像話。因應銀行加息，很多本來的中產家庭也因無法償付房貸而被銀行強收房子，只好搬到狹小的空間租住；而本來住在這些地方的低收入家庭又因為房租跟著飆而負擔不來，流落街頭的人有增無減。城市管理部亦無能為力，權宜之計只好胡謅什麼社區共榮，尊重遊民也是社區成員之類的宣傳語句。豈料現在就在民居附近發生了這宗命案，他們叮囑總編要部門好好處理。

說罷總編又再一次被地圖上密密麻麻的房屋建築群吸引目光，一直若有所思，直到再被他們的討論喚回來。

「所以這次編的故事除了要抹去『隨機殺人』，遊民還不可以是兇手？」柳浩天想著就頭疼，又在桌上抓了一根香菸。

「這次是路過上班的市民報案，各大新聞都已經刊出了H城公園三屍命案。」

橫山君站了起來，在資料板上圈出了幾個不能移動的「點」：「大家都知道有三人在公園非自然死亡，地上一大灘血。要怎樣的故事才能包含三個人被殺，也不能引起公眾恐慌？」

「上面只給了我們一小時，他們要有個故事。」總編輕輕搖頭理清思緒，從今早起就一直看著手表，在這些時刻時間的流逝總是不合常理地快。上面說報社在不停催促要個官方答覆，再不出聲明的話就隨他們亂編故事了。

秋熒試著道出社會大眾心態：「隨機殺人可怕在於兇手和受害者互不相識，市民都怕自己會成為下一個受害者。要是一般私人恩怨的仇殺，他們有個理由覺得事不關己，置身事外。相反如果是隨機殺人，即是每人被害的機會其實均等。」

「所以要抹去隨機殺人才是重點吧，」柳浩天將身子傾前，準確地把菸灰彈進桌面中央的菸灰缸：「謀殺這一點應該也改不了。」總編聽罷便將資料板上的「謀殺」兩字圈起來，示意它也成為不能篡改的「點」。

秋熒注視著資料板，提出一點：「有利的是兇手已經死亡，這一點可以釋除不少公眾憂慮。」儘管，這些都是治標不治本的短淺看法，但目前不引起廣泛恐慌才是上面下達的首要任務。

柳浩天想起剛才秋熒分析隨機殺人的可怕之處，在於讓公眾覺得不能置身事外：「不如就寫黑幫仇殺怎麼樣？群姊可以是某個黑道老大的遺孀，而兇手就是被逐出門的第二把交椅……一般人都覺得江湖是另一個世界，而且很多黑道都有規矩不會傷及平民，他們就不會認為這宗案子可以跟自己扯上關係。而且寫H城的黑道故事我可是很擅長……」

「群姊五十多歲，財叔六十多歲。什麼黑幫沒有小混混介入，只有一堆老人家在鳥語花香的公園廝殺？」橫山君隨即就反駁，把場面描述得滑稽到猶如鬧劇。

陳方圓在心裡也禁不住吐槽。雖然他在這裡日子尚淺，可是部門的工作是要將新聞改編到需要可以騙過全世界，太精彩的小說情節不適用之餘，還會引起懷疑。他在讀《鞘舞江湖》的時候隱約也有這種感覺，作者過於在意想塑造炫目的畫面，忽略了角色待人處事的反應是否合情理。想法被駁回的柳浩天噘著嘴，沒再說話。

橫山君還不願讓這事帶過：「在部門的故事，首要條件就是要讓讀者信服，像推理故事一樣，一有紕漏整個故事就不合格。」

總編一直旁聽，這個時候也搭腔：「推理故事出錯，最多被讀者嫌棄；但在這裡的故事出錯，失信的是整個H城官方。」

說到這個分上，房間又沉寂了好一會，總編手表的跳針分秒不停，最後是秋熒語帶遲疑地打破沉默。

「我有一個想法，但怕會太瘋狂……」他顯然被剛才總編的提醒所窒礙，生怕自己說的故事也會像柳浩天的被批評至在現實不可行。寫故事是作家的天職，理應天馬行空，可是在部門寫的卻不是同一回事。

秋熒看著在資料板上不能移動的「點」，忖量的原點是如何在故事中消弭「隨機殺人」的元素。隨機殺人的反面即是有目標地殺害某人。公眾不會知道兇手和兩名死者互不相識，只要好好連上他們的關係，就不會引起社會對隨機殺人的恐慌。然而棘手的是部門還有另一項任務：不能讓公眾因為此案敵視遊民。

「我們沒時間賣關子。」總編抵不過時間的煎熬，不耐煩地催促。

秋熒深呼吸一下，小心翼翼地道出想法：「我想，或者我們可以公開三人都是遊民的身分。」

柳浩天一聽就批駁他：「你忘了總編說，不要社會敵視遊民嗎？死者可以是遊民，但兇手絕對不行啦。不然他們在街上，一見到有人露宿就覺得他會傷害別人。」

「不對，這個假設是基於隨機殺人的起因之上。我想寫的是一個關於遊民的愛情故事。」在秋熒把想法和盤托出的一刻，房間由被死線催迫的冷寂變成哄堂失笑。

「你在搞笑嗎？」橫山君好氣又沒氣，想要板起嚴肅的臉孔又按捺不住笑意。

「讓他說下去。」出乎所有人意料，陳方圓把自己的座椅轉向秋熒，向他投以期許的目光。

秋熒被橫山君和柳浩天的訕笑擊沉了不少，可是他偷偷留意總編也沒有立即對他的想法拒諸門外，才決定把腦海中逐漸成形的故事講下去。

「群姊和財叔住在同一個公園，而兇手是外來人。這一點是由其他遊民口中得知，雖然他們不具網路能量或影響力去拆穿我們的故事，可是搞不好他們有相熟的社工，有太多目擊者或根據的事實不宜改動太多。不過，我們可以編造的內容是兇手一直喜歡群姊，被拒絕後就因愛成恨，對她動了殺機。他選在晚上下手，卻被財叔恰好見到群姊遇害。財叔不惜身犯險阻止兇手，其實還是想要保護群姊。我們不需明言財叔對群姊的感情，可以純屬『鄰居』守望相助的義氣，也可以是長時間一起生活，同舟共濟互生的情愫。」秋熒說這樣做只需增添未知的情節，就能把手上不能移動的「點」連上。改動愈少，出錯的機會也就愈少。

「這真的會有人相信嗎？」柳浩天質疑，暗暗覺得自己說的黑幫仇殺還較有說服力。

秋熒堅定為自己的故事護航：「為什麼不可以呢？沒有居住空間，也有愛人的權利吧。你不能否定世界就是有種人，餓死了還要追求愛情。」

橫山君這下倒是幫腔：「我有讀過一宗講述遊民懷孕、因缺乏醫療照顧而流產失救的新聞。雖然有點難想像……和我們距離遠，所以才難以代入他們，不代表不會發生。」陳方圓聽到此話內心一虛，他今早才檢查過自己的銀行存款，心想自己和遊民的距離或者也不是這麼遠。

「這樣，市民不但不會歧視遊民，而且還會同情他們。」總編像是刻意讓他們自行討論，待到此刻才終於表明自己的意向：「一般敵視遊民的人都是覺得他們有損社區市容，將他們去人化。秋熒這個故事，恰好就證明了他們都是有血有肉、有感情的人。」

秋熒聽見總編的肯定，比起出自任何一個人口中都更要有力。總編向他點頭，再看一下手表就向其他人吩咐：「你們全力協助秋熒，還有四十分鐘。」

「謝謝總編。」秋熒立馬站起來，興奮得向總編用力鞠躬。正要坐到桌邊開始工作，他又像突然想起什麼的重新轉向總編：「毒品的事……需要加進去嗎？」

「專注由情感角度出發就好。」總編在資料板前抱起雙手注視案子，甚至不正眼看他地說：「寫你最擅長的。」

秋熒已經有好一段時間沒有擔任主導。總編大多都把這個重任交給橫山君，他的推理頭腦在處理案件上不能移動的「點」有很大優勢，畢竟推理小說最核心的就是謎題，解謎可是推理作家的強項。秋熒在這裡最大的功用，就是負責撰寫一些根本不存在的暖心故事。善於揣摩情感和心理的秋熒很清楚怎樣用虛構的情節來敲中讀者具共鳴的情感弱點，這個就是他的強項。

「我打算以另一名遊民的旁觀角度出發。兇手向群姊求愛不遂的事可以輕描淡寫地略過，反而應該專注發揮財叔和群姊之間的情愫。」秋熒站在桌前，向眾人提出方向。

「遊民之間的愛情……到底會是怎樣？」橫山君還是抱有質疑。

「相濡以沫？共患難的情誼。」陳方圓嘗試努力代入想像來回答，還是覺得出戲。

柳浩天聽見就聳肩，攤開雙手反問：「與其說是情誼，還比較似是左鄰右里肝膽相照的情義吧？說到愛——真的嗎？」

橫山君無意質疑總編任命秋熒作為本次的故事主導，可是他的理性思考就是堅決不讓這個想法通過：「連三餐都成問題的人，真的會想談戀愛、談將來嗎？他們甚至不知道自己有沒有明天，談什麼將來？」

秋熒認真把這個問題在腦海消化過，才緩緩道出濾成的產物：「我想正是因為可能沒有明天，所以才將一切押在今天？」

說到這一點，他知道在座的人曾幾何時都有共鳴。他們雖然潦倒落魄，可是對比很多社會弱勢，他們還是太幸福，所以才會無法想像，以同理心體會遊民也該擁有生而為人的每一種權利。

「『因為愛需要有一點未來，而我們卻只剩下片刻』。」陳方圓突然開腔說出這種話，讓眾人一下反應不來。自覺窘迫的他吐吐舌頭：「對不起……我在腦海突然想起這句話，不自覺就溜出嘴了……」

「不不不，不用道歉。」秋滎叫停陳方圓，伸手搭在他的肩上緊張問道，生怕靈光一閃的意念會就此溜走：「你剛才說的是什麼？」

「其實那不是我說，是卡繆說的……」陳方圓搔頭摸耳，每次要他向眾人當面解釋自己都讓他感到莫名的壓力：「總之我只是在想，如果我是遊民，我身無分文，還能給我的愛人什麼。這是我寫作班老師教的……他說，要去感受角色要你說什麼……所以我就代入了他們，想出了這一段話……」

秋滎再一次伸手，這次他強硬地叫停了陳方圓的碎碎念。全因他突然被啟發了什麼一樣，順著陳方圓說的方式思考：「你說得對，我們就該這樣想：如果我是遊民，我一無所有的話，還可以送她什麼呢？」

「紙皮盒囉？」柳浩天惡作劇似地笑說。

「我之前看過拾荒者撿滿一整車的紙皮盒，故意灑水沾濕增加重量，也只賣到十元左右。」橫山君的腦海冒出一則相關的冷知識，分享之餘不忘揶揄柳浩天：「加上你的特價滯銷書，或許還會重一點。」

「不，我覺得我可能真的會這樣做。」秋熒蹙眉，打住了兩人針鋒相對的拌嘴。

「怎樣做？賣掉浩天的書？」橫山君繼續使壞追問。

「不——我是財叔的話，我真的會為了群姊去撿紙皮、為她去社區中心排隊領飯、甚至為她行乞。我們為了愛人送的禮物、吃燭光晚餐，在富人眼中也一樣不值一哂。偏偏這些『小事』就是某些人的全世界，有什麼可笑的？」

秋熒代入角色太深，沒有任何事比真摯的心意被輕視更叫人憤慨，他忽而認真起來的詰問嚇得兩人也不敢吭聲。陳方圓同樣認真地代入遊民的思路，道出想法：「如果我喜歡一個人，我不希望她天天操勞，我會願意為她做任何事。是不是遊民，根本沒關係。」

橫山君也加入討論，順著故事的發展梳理劇情：「如果財叔要幫群姊，一個人就得撿兩人份的紙皮盒，所以他才要大清早就出門。回來的時候卻見她遇襲，當然拚了命去擊退那個傷害她的兇手。」

「而且財叔也是真的拚了命去保護群姊。雖然我們不知道那份心意當中有否摻雜愛意，或只是肝膽相照的情義也好。」秋熒一邊說話，鍵盤間的指頭仍然沒有停下來：「但這個真實的情節我們無論如何都應保留，讓更多人知道。」

他將電腦合上，總編像接力一樣接過新鮮整理好的故事情節。目光細膩的陳方圓注意到總編的眉頭輕皺了一下，可是他沒有開腔對他們說上什麼。只是按了一下自己的胸袋，便半跑半走地坐上通往上面的電梯。

作家們慣性一趕完死線就一起抽菸舒壓，尤其是今天一回來就馬不停蹄，消耗了不少腦細胞。秋熒將菸盒打開輪流遞向每一位，他記得陳方圓不抽菸，便合上菸盒，轉為坐到他的旁邊。

「剛才多虧有你，不然故事就寫不成。」一開始大家對秋熒的故事構想都半信半疑，不相信遊民能擁有淒美的愛情，唯獨陳方圓一人沒質疑過他。秋熒希望陳方圓知道他記得這份恩惠。

陳方圓不自然地抬抬眼鏡，不認為自己能承受謝意：「都是你寫的。我哪有什麼貢獻。」

秋熒並不認同，但同時沒有急著反駁，只是把自己的座椅滑輪拉近，裝作漫不經心地閒聊。

「因為寫作是一個人的事，你有否覺得每天獨自對著發光的螢幕，有時也會很孤獨？」他仰頭向天呼了一口煙。

「那不是當然的嗎？」陳方圓心想，寫作又不是打籃球、組樂團或玩桌遊之類的興趣：「由我們選擇這行的時候就知道。」事實上，為數不少的作家甚至是因為抗拒社交才享受獨自對著文字工作。

「享受孤獨是一回事，但來了部門之後，我才知道作家不是必然孤獨的。」秋熒說的時候，目光遠遠地投向會議桌另一端的兩人：「我們雖然每天吵架，但原來有人跟你說說話，每次都能碰撞出一些獨自對著電腦肯定想不到的創意，比起一個人有趣多了。」

陳方圓沒有回答，只是同樣地望向對著電腦不知在修改什麼文稿的柳浩天，還有在旁一邊呼菸，一邊在螢幕指手劃腳的橫山君。放在會議桌中央的菸灰缸愈來愈滿，菸蒂東倒西歪的，每次有人放入新的一根，就必須找隙縫之間插進去。菸蒂堆慢慢構成一座過度違建的危樓，好像一不小心就會全盤崩塌。

「所以，你克服你的道德感了嗎？」秋熒又問，陳方圓知道他所指是昨天的打賭：「我們還以為，你會克服不了心理那一關而辭掉工作，但你好像適應得很好。」

「老實說，還沒有。」陳方圓不打算瞞他，無論如何「造假新聞」也絕對不是他可以理直氣壯對人說出口的行業；只是經過今天，這個虛構的愛情故事令遊民有機會得到社會正視，改善他們真實的生活，感覺好像又沒昨天想像中那麼糟。

心存善念去行惡，是善還是惡？

「你猶豫，但你仍然願意幫我。」秋熒仍然記得陳方圓跟自己一起代入遊民的角度，共同築成了一個不錯的故事，或者真有改變了社會。

事實是陳方圓也未能釐清自己的想法和立場，更重要的是他未能讓自己完全覺得這份工作是正確的：「我在昨天看了一整晚新聞，因為你們寫了一些東西，全世界就認定了曾又洋是失足墜樓，而我幫部門圓這個謊，社會是不是真的有變好？又如果我昨天攔住總編、或阻止了你們，自殺潮蔓延開去，那些人命又是不是我得負責？我想不通，好像怎樣都是錯。」就像今天，他待在部門就真的認同應該將故事美化，讓市民不要排斥遊民；可是到了晚上回家，看了假報導滿天飛，又會後悔造假新聞是瞞心昧己。一旦真的手握電車轉軌器，身歷其境才知道按或不按的難題到底是難在哪。

秋熒心裡很是明白陳方圓的糾結，他作為新人時也有過一樣的精神角力：「你知道上面需要部門的存在。你選擇離開，只是讓你自己覺得好過，而不是社會。」但最後治好他的不是什麼，而是每天仍然源源不斷、只流入部門卻不能流出的案子：「**這個社會從來沒有因此由壞變好，我們的存在，只是讓它由壞變得沒那麼壞。**」只要記住這一點，他就會發現這份工作的意義沒那麼高尚，但確實存在。

「所以我們就可以犧牲公眾的知情權？」陳方圓不自覺提高聲線，害得對面正在專注的兩人都猛然抬頭看過去。對於又再一次把自己陷入窘境，陳方圓只得低頭道歉：「對不起，我不是說……」橫山君只聽到隻言片語，但推理能力助他輕易就梳理出對話始末。他看得出，這個新人只是很混亂。

「法律賦予了公眾知情權，但沒有賦予他們知情能力。」橫山君眼裡仍然盯住柳浩天螢幕中的初稿，卻乍然搭腔，裝作不以為然：「大部分的公眾看故事，只會看最表面的一層。一心顧著自保的人只會歧視遊民，想將他們有多遠趕多遠，並不會嘗試去理解背後的原由。被我們改編過後的故事或許不是真相，卻真正可以引起他們關注遊民的問題。繞了一個圈，這不才是對社會好的影響嗎？再者，如果大眾都願意探究真相，不貪求速食與熱鬧，也輪不到部門存在。」或多或少，橫山君心裡也摻雜了不少他在網上平台連載的複雜心情。在這裡的作家，他們不可能不清楚。

秋熒見橫山君也幫腔，不由得向他會心微笑。他記得他們都走過一樣的路，深信只要卸去覆住內心表層的道德包袱，就能看透齷齪下仍有其意義，「良知」不是狹隘的一點，是廣義的光譜，個人的喜惡、大眾的情緒、死者的感情，都在光譜之中，大家都有良知，只是不在同一點上。

他把唇邊吸到不能再近濾嘴的菸蒂，小心翼翼地安插在本來就瀕臨溢瀉的菸灰缸上。

「早就告訴你，我們是『好心做壞事』。死後都得下地獄，但或許可以說說情。」

他鬆開指尖，高築的菸蒂堆安全無虞。

房間的氛圍因為秋熒的玩笑而輕鬆了不少。陳方圓難得掀起勉強的笑容，見總編未回來就在辦公室隨便走動。其實部門占地面積不大，一眼就能看盡，加上四堵牆都放滿了書籍，空間更顯狹促。不知不覺，陳方圓就走到辦公室唯一一個房間門前。總編的房門只是半掩，從外面窺看裡面似乎非常整齊，門旁擺放了一株及腰的竹類植物，用上支撐架和細繩仔細綑住，房間的井井有條和外面共用的辦公空間猶如兩個平行空間。

在會議桌使用手提電腦的柳浩天仰頭，一見陳方圓站在門前便嚷道：「喂，我印了初稿，幫我去總編房間拿一下。」

陳方圓先是錯愕，愣在原地不敢行動：「就……這樣進去嗎？」擅闖總編的私人房間，無論如何也好像說不過去。

「我們只有一部影印機，平時都這樣進去的。」橫山君擺擺手，暗笑他的懦弱。他的話使陳方圓放心不少，畢竟柳浩天已不是第一次戲弄他。

陳方圓躡手躡腳地推開半掩的門，裡面比起他想像中更一塵不染。印象中所有總編房間都鋪滿文案凌亂不堪，可是這裡唯一的寫字桌上，除了一疊背面朝天的文件和一個桌上行事曆，桌面連一件多餘的文具都沒有。陳方圓知道底線是別亂碰別人房間的任何東西，從他距離輕易就看得見行事曆正在這個月的頁面，唯獨昨天被紅色麥克筆大大畫了一圈。昨天是自己任職的第一天，陳方圓想到總編為何要煞有介事地圈上他的上班日就心裡發麻，他在自己意識到之前已經愈湊愈近，細看才發現圓圈上用細鋼筆寫有一手秀麗的細字：「推理文學獎複選公布」。陳方圓想起昨天柳浩天笑話過橫山君已是第三次名落孫山，可是總編記住了這個日子又有什麼作用？昨天他可是一句關於文學獎的事都沒跟橫山君提過，和他談得最多的就是自殺潮的案子——莫非……？

「橫山君，」總編在門前定住腳步，稍頓轉身：「做得很好。」

……

「有什麼做得好啦，他明明還來回修了幾遍。」

總編記得昨天是比賽的複選名單公布日，畫在行事曆之上的他也肯定早早就去查看了名單。那即是說，他早就知道橫山君落選的事，可是他隻字不提，只是默默將昨天的案子交給橫山君主導，然後彆扭地留下那個讓柳浩天和秋熒都覺得突兀的鼓勵。

陳方圓會心一笑，想起橫山君欣然接受的模樣就覺得有意思。真枉他還自詡是推理作家。

在寫字桌靠牆的一方，一個依牆而建的層架上整齊擺著一列植物，植物之上的層架乍看裝有一排光管，細察才發現那是一套溫度調控的儀器，分吋不差地為每一株植物在這個地下室提供人造陽光。嫩綠茁壯的外觀可見平日被照顧得宜。陳方圓覺得自己逗留太久的話會顯得很可疑，決定克制著自己愈發旺盛的好奇心，很快就找到平放在書櫃上的影印機。

拿好《鞘舞江湖3》的影印稿，陳方圓又不經意瞟向書櫃。一個房間蘊藏著太多關於一個人的線索，尤其是一個他本來認知甚少的人。比起整個部門，總編的藏書量出奇地少，只有寥寥數本擺在不起眼的一角，其餘都是工作用的文件夾。他本來好奇總編私下的藏書會是什麼類型，可是一看就發現這幾本書都是出自一名叫「腐生」的作者。陳方圓隨手拿起一本，封面簡潔得可謂毫無設計，隨意翻開，都是現代文學類的小說。陳方圓自問博覽群書，可是這個作者名就是無法勾起一點印象。

「嘿，」在門外的柳浩天往內探頭，本想催促他拿份稿子都拿這麼久在搞什麼，卻發現他看起書來。陳方圓本想解釋自己無意亂翻總編的房間，卻被柳浩天率先搶白：「竟然真有人對總編的書有興趣。」

陳方圓腦筋一下轉不過來，瞠目結舌地將書合上，立刻翻開封面頁側的作者簡介——腐生，本名胡喻文。七零年代生。本光文學獎首獎、H城經典文學獎一等獎、H城華文文學獎大賞得主。

什……什麼？

陳方圓把自己的眼睛搓揉幾遍，書上的作者本名的確和總編給他的名片吻合，沒有一個作者會在個人簡介說謊……平日和自己共處一室、把他帶來這裡、率領著這個爛部門的人竟然曾經拿過H城三個文學大獎？

「什麼？」門外秋熒的驚呼一下刺破了陳方圓腦海中無限個開始膨脹又收縮的想法論證。陳方圓聞言便放下了總編的書過去，秋熒盯住螢幕困惑的眼光瞬間就傳染到在場所有人的臉上。

「剛才交稿前你們有動過這篇故事嗎？」

「怎可能？這次你是主導啊，不是你最後校完就直接交給總編了嗎？」

他們習慣在故事完成後就會上網查看收視和社會反響，觀察設計出來的故事帶來的成效是否合乎預期，以便學習和將來調整。可是當他們在新聞網見到這宗案子時，秋熒才發現新聞稿的結尾出現了一段他前所未見的文字。

「三名涉案的遊民雖不幸不治，醫院在他們的紀錄中找到和器官捐贈登記人匹配的紀錄，相信是在社福機構的幫忙下登記器官捐贈，延續為愛而生的精神。在生

時他們或許沒有一個家，甚至一個身分，可是強大的善意會穿越一切，來到有需要的人手上。現在H城的器官移植等候名單上有約四千人，亟須各界人士施予援手。如欲登記器官捐贈，請前往以下網址……」

陳方圓驟眼一看，這一段和秋熒一向煽情的行文渾然天成，要是他不吭聲的話也不會覺得出問題。問題是作家不可能記得自己寫過的一字一句，但不是出自自己手筆的文字就肯定會認得出。

就在秋熒都快要質疑自己是否得少年痴呆的時候，從上面回來的總編一推門就對上了他們所有人迷惑的眼神。陳方圓霎時瞥到總編胸袋中插著的細鋼筆，他的出現剛好填補空白。

「那是總編你……？」秋熒皺起眉頭，渴求答案又不敢當面質疑。見到器官捐贈四個大字，時時刻刻都在留意相關新聞的柳浩天心臟就跳得愈來愈快。可是她從頭到尾都不發一語，只是瞇眼望住總編，既不說話也一分不移開。

「喔，那是我加上去的。」總編不等任何人說上什麼，一踏進門就逕自說著：

「剛才上面臨時說要我們想方法鼓勵一下器官捐贈，我看這篇文章剛好合適可以加上去，就隨手寫了一小段。」

總編從會議桌和資料板之間的通道走過，經過目光還定在原點一動不動的柳浩天身旁前似是有意無意再說了一遍：「就是這樣而已，沒有別的。」

第四章

《一個快樂的傳說》

燈紅酒綠的居酒屋。

下班後一時興起，柳浩天建議帶陳方圓到他們慣常去的居酒屋迎新。吵雜的人聲穿透敞門，忙得滿頭大汗的老闆連聲跟他們三人打招呼。

「咦，有新同事啊？咳咳——」額上冒出汗珠的老闆親切地向陳方圓掀起微笑。

「是啊，今天生意這麼好？」柳浩天踮高腳尖，目光所及的位置都有座上客。平日這家居酒屋人流不多，他們才沒有記起要訂位。

「不好意思，咳、來，這邊請坐。」老闆掩住嘴仍然沒有忘記微笑。他不想讓專程而來的熟客失望，結果勉強安排四人狹窄地塞在角落的二人廂座之中。桌上的日式小吃沒怎麼動過，啤酒卻已經續杯好幾回。

「你的意思是總編很有名嗎？」秋熒在禁菸告示前點起菸來，挑眉表示不解。居酒屋是家庭式經營，每晚一過十時就會拉上鐵門裝作打烊，好讓熟客都能在室內抽菸。店家發現這種情況下客人就會乾脆在這裡續攤，至少多點半打啤酒。

陳方圓整晚談的都離不開總編的往事。在座的他們都知道總編曾經寫過小說，不過卻沒有人去探究過總編寫的是什麼或有什麼成就。陳方圓不敢相信曾囊括H城三項文學大獎的高手，竟然每天和自己同處一室。

柳浩天挾著筷子，直指陳方圓：「但你不也是不認識他嗎？」

「他和我年代不同。」陳方圓聳肩，總編參加的比賽至少比他要早十屆，但能夠一舉拿下那些獎項的作家，實力絕非子虛烏有。可是剛才他翻過書來看，十年前首刷，在網上搜尋也找不到有任何再刷的消息。拿下獎項並不代表作家的路就會一直順遂。畢竟作家都得靠版稅維生，得到評審認可，不代表得到市場認可。H城的文學生態不像J國，任誰拿下芥川獎或直木獎就能華麗地出道，往後發展，當然還是路遙知馬力；但像陳方圓過往也贏下一些比賽，他很明白在領完獎項的一刻作家不一定會就此長出翅膀。頂多是戴著桂冠，但都得在地上繼續賣力地跑。

「橫山君你和總編不是認識得最久嗎？」柳浩天一邊吃著串燒，一邊用手肘輕撞旁邊的橫山君：「他有說過自己以前的風光史嗎？」

「那倒沒有，」橫山君用食指指節抬抬眼鏡，另一邊手把菸送往嘴裡抽，陳方圓心想無論他看多少次還是會覺得橫山君抽菸的樣子違和：「不過，他近年的確在重新開始寫作。」

「你在開玩笑吧？」那可是連秋熒和柳浩天都不知道的新鮮事。柳浩天險些連口中尚未下嚥的烤肉都要直噴出來：「總編也在寫作啊？」

雖然總編總是把「一放下筆桿，再要拿起就很困難」的話掛在嘴邊勸勉他們，但他平日經常被召到上面開會，待在部門的時間不是工作，就是為他們的作品初稿提意見，實在想不到總編一天內還有什麼時間寫作。

秋熒把玩著手中的打火機思量，火舌反覆吞吐：「說起來，我們每次交稿給總編，他都會徹夜幫我們看完，還會加上很多備註。我們卻連總編的書都沒翻開過，挺不好意思的。」

橫山君略覺喉乾，連灌了幾口開始暖掉的啤酒：「他是前輩嘛，我們就算看了他的書也提不上什麼意見。你敢說總編寫得不好嗎？」

「我覺得我很有可能看不懂。」柳浩天吐吐舌頭。

「那他在寫的新作品，是關於什麼的？」陳方圓還在惦念橫山君剛才說的事。現在他知道總編是這般厲害的前輩，他恨不得明天一早就把自己在寫的長篇小說呈給總編，讓他指點幾句都已經賺到了。

「我不知道，但我有次在他辦公室碰見他在寫稿。」橫山君翻出回憶，再不起眼的細節他都不會看漏眼：「文檔名字是《向光說》。」

桌上的啤酒和小菜終於清空。正當橫山君嚷著要回家睡覺，柳浩天卻罵他掃興要再點一輪啤酒爭執不下的時候，四人的手機不約而同地響起提示音。他們面面相覷，不需掏出手機看都能肯定不是巧合。總編給他們發了訊息，說上面剛剛發下案子。

橫山君馬上向老闆招手結帳。秋熒打了一個呵欠，快手快腳地穿上大衣。柳浩天連忙將手上的菸蒂捏熄，將散落在桌上的唇膏、紙巾等一一收進手提包。眨眼間，他們三人已經收拾好並步出了廂座，走到居酒屋門前陳方圓才慢吞吞地跟上。

陳方圓也接到總編一樣的訊息，但他還是不太能肯定他們是不是都準備回去部門：「可是現在……快凌晨十二點了喔？」

「那又如何？壞新聞是不會下班的。」秋熒掀開居酒屋大門的垂幕，頭也不回地往部門原路折返。

＊＊＊

離開不到幾個小時，他們就像今天下午明明快要山洪傾瀉的菸灰缸、現在卻光潔如新一樣般回到原點，神志只要稍一不清醒也會以為這是既視感，或者在「上面」的上面還有一個「上面」，那些人按下一個重置鍵，人都變成劇本中意識匱乏地被任由擺布的角色。不知有否離開過的總編已經在資料板前等候，見到他們四人一同進門難免有點意外，但他沒有多說什麼。

陳方圓跟著大夥兒坐到會議桌，自從得知總編的身分後，他就無法再以一樣的目光看待總編，目光甚至移不開他，想要看穿一舉拿下多個文學獎的人到底藏著什麼底蘊。

黃昏離開前，資料板上還是三名遊民的照片，現在已經換成了一個氣宇軒昂的男子，旁邊的資料文件亦已經更新。陳方圓懷疑在他們把酒聊天的期間，總編一直沒有離開過。

「這名男子是梁子然，三十五歲，消防一隊的隊長。」總編搓揉眼睛，竭力掩飾疲態：「他在剛才一場火災的救援行動時出了意外，送院後不幸身亡。」現在醫院還在掩蓋消息，訛稱搶救當中。在這個時候被召回來的他們懂得言下之意，即是要他們儘快提交故事。即使是上面的指示，這種消息醫院也瞞不了多久。

資料板上貼有一張火災現場的照片。失火的是一家三層樓高的家庭餐館，在區內可算歷史悠久，日式的裝潢以木為主，成為火種愈燒愈旺的溫床。

「這不是居酒屋附近嗎？」眼尖的橫山君認出了街景，壓低聲線向三人說。火災現場和他們剛才所在只有數條街之隔，心想難怪本來打算去用餐的客人都擠到他們的居酒屋。

當中只有陳方圓沒被八卦沖昏頭腦，耐住睡意問道：「不過這個故事哪有什麼需要修改，不能如實公布死訊？消防隊長捨己救人而殉職，本來就是可歌可泣的英雄故事。」

「你們看看這篇新聞，是五天前發出的。」總編從資料板上拆下一份用透明文件夾裝好的剪報，拋向會議桌中央，柳浩天敏捷地從椅上跳起，雙手騰空拍住接過。剪報的題目是「突擊測試：H城消防隊伍逾半未能通過安全守則測試，其中六隊更被評為『嚴重不達標』」。

橫山君刻意將剪報從柳浩天手中搶過來，閱讀內文後就發現上月H城官方的中央機構派員突擊巡查各個服務部門的安全係數，其中以工作量最高、流失率也最高的消防員獲得的分數最低。這個結果其實並不意外，自從H城宣布所有紀律部隊的薪酬等級都應看齊，不少現職消防員直言轉到隊內的文職崗位更為舒適，甚或跳槽至發展前景更好的私人企業。

前線消防員流失率高，換算成現職消防員的工作量大增，直接墜進流失率繼續高升的惡性循環。上面不能讓情況惡化，於是從軟性宣傳著手，指示電視台和電影公司一連開拍幾齣以消防員為主題的肥皂劇和電影，希望申請人的熱誠蓋過對薪酬的不足。過往經驗，此類媒體宣傳一出，該個行業的申請人次就會飆升——當然，熱潮不是永遠，但解決人才流失的燃眉之急由不得他們考慮得太長遠。

陳方圓很快就讀懂了兩者之間的關聯。要是新聞無關痛癢，總編用不著整理這份剪報，更用不著深夜召他們回來。「你的意思是，梁隊長就是因為沒有做到安全標準，所以才害得自己遇難？」

此刻的陳方圓並沒意會到自己問了一個多難回答的問題。

總編緊皺的眉頭一直沒有放開，他看了陳方圓一眼，換個方式回答：「有人在現場拍到這張照片，一小時不到在網上已經被轉發了幾百次。」

他指著早已張貼在資料板一角的照片。背景是起火的日式餐館入口，圖中拍攝到兩名戴上全副裝備的消防員正衝進火場救援。總編指著照片，說明一馬當先的一位正是梁隊長，而緊隨其後的是他的拍檔羅隊員。

除了他們，相片中還有第三名消防員。第三名消防員沒有跟隨兩人進入火場，而是在入口位置駐守，擔任入口安全官。相片定格一刻，清晰拍到羅隊員將一塊紅色的小型物品交予安全官，而已經越過了安全官、邁步走到入口處的梁隊長，腰間亦有同款的一塊紅色小物。

其中一張網民截圖，更是將梁隊長腰間位置放大，這裡更清楚見到那塊「紅色物件」連結在消防服上一個黑色橢圓形、乍看似是車匙的小型儀器之上。

「這到底是什麼啦？」柳浩天用她近視的雙眼湊得再近，還是不能理解這張圖片為何會成為這次事故的關鍵。秋熒和陳方圓同樣不解，唯獨橫山君一下就露出恍然大悟的神情。

就算不是因為要寫推理小說而記下一大堆冷知識的橫山君，任何熟悉消防條例，或是看過那幾齣消防電視劇、成功染上電視台希望他們染上「消防狂熱」的人都會知道建議那件掛在腰間的「車匙」，就是俗稱「救命鐘」的ＭＳＡ個人安全警報器。

為了確保消防員安危，每名進入火場進行救援的消防員都會佩戴一個救命鐘。一旦被「啟用」，它會感應配戴者的行動，超過三十秒靜止不動的話就會發出聲響，讓同伴更易發現被困人員的所在位置。而「啟用」的方式，就是拔出那塊紅色的「鑰匙」。多虧晚上八點檔的消防肥皂劇，就連鄰居老奶奶可能都知道，消防員在入火場前必須拔出紅色鑰匙交予入口安全官，啟動救命鐘才能展開救援行動。入口安全官點算紅色鑰匙，用作管理現時在火場內的消防員人數。

在總編向其他人解釋救命鐘的操作時，橫山君已經讀完了醫院發送過來的死亡報告：「所以，梁隊長是忘記啟動救命鐘，所以隊員花了好一段時間才發現他在樓梯間被卡住，最後吸入過多濃煙不治？」

總編複述消息：「可以這樣說。但相片中的羅隊員表示，當時入口官不斷催促梁隊長進入火場，所以他才會一時疏忽沒有啟動警報器。他還說事實上，前線消防員中很多人都不會使用救命鐘。因為它的設計過於敏感，很多時候都會發生誤鳴的情況。不少消防員都索性不用，就算在火場內聽到也會下意識認為是誤鳴。所以即使羅隊員和入口官發現梁隊長忘記拔出鑰匙，當時情況危急也沒有叫梁隊長折返啟動警報器。」

「然後，偏偏就被眼尖的網民拍下來。」秋熒嘆了一口氣，往後一仰。

柳浩天還是不能相信竟然會有人懂得這些偏門的專門知識，害得她好像很無知：「誰叫全城都消防熱？這是上面自己捅出來的婁子，又要我們收拾啊？」

陳方圓沒有多說話，托著下頷一直盯住資料板上的圖文細想。梁隊長疏忽的這個「點」也未免太大。在畫紙上占了好大比例，他們能夠畫線發揮的空間非常有限。

「上面表明不能讓梁隊長以這種方式罹難。」總編加強語氣。他一直擔當部門的主管，負責跟上面的高官溝通顯然是份不輕鬆的工作：「英雄應當英勇殉職，不可以有別的結局。」

「你手中那份是什麼？」秋熒指向總編手中一份文件。

「就是今晚跟梁隊長搭檔的羅隊員的證詞。他在這裡完整敘述了火場內的事發經過，還有梁隊長平日的為人。只供我們用作參考，屬機密文件。」他將證詞遞給坐在前方的橫山君：「羅隊員是唯一目睹真相的證人，但他非常樂意配合部門的故事。」

四人輪流傳閱證詞，羅隊員多次表示梁隊長一生勤奮、勇敢、善良而且關懷隊員。他在消防學院中以首名成績畢業，擢升隊長後的成績亦相當傲人。梁隊長為人一向謹慎，從未犯錯。就算是報章上的那次突擊檢查，他帶領的隊伍也順利通過，在局內的聲譽一向很好，平輩後輩都相當愛戴這位隊長。

今晚的行動當中，羅隊員和梁隊長搭檔，當他們搜索頂層的時候，羅隊員發現了因吸入濃煙昏迷、倒臥一角的洗碗工，羅隊員將洗碗工趕緊救出後才發現梁隊長不見了。羅隊員隨即帶隊返回火場搜索，最後找到卡在樓梯間無法動彈、救命鐘也沒有響起的梁隊長。

待他們都看完證詞，總編才說：「剛才羅隊員特意致電我，請我們一定要寫好故事，還梁隊長一個公道。」

公道一詞在這裡不常出現，在他們耳裡聽起來有種違和。

梁隊長一生盡忠職守是真相。

這份在他們眼前的口供是真相。

最惱人的，是網上瘋傳的那張照片也是真相。

「梁隊長在火場不治的消息一傳出，傳媒就肯定會用那張救命鐘的照片大造文章。到時消防隊伍素質參差不齊的新聞又會被挖出來討論，官方做的宣傳就會功虧一簣。」還未發生，柳浩天已經可以想像事情被抖出來後會造成怎樣的風波。不是她有什麼預知能力，而是觀眾的風向只會抓準事情的負面面向無限放大，這次亦如是：「到時候，所有讀到文章的人都會覺得梁隊長即使殉職，也是咎由自取。加上那篇逾半消防隊伍不合格的新聞，市民更會覺得他作為隊長其身不正云云。可是今次雖然是梁隊長一時大意，但他一生也只犯過這一次錯。留下這樣的印象予後世，對他不公平。」

秋熒帶著沉重點頭同意：「這個不是全部真相。」

人性傾向幸災樂禍多於替人歡喜，所以業界常說壞新聞就是好新聞。圍在會議桌的大家交換了一個眼神，打從心底想要把這個故事寫好。

「我們現在做的事雖然是偽造新聞，」總編再一次揉揉疲憊的雙眼，仍然確保要他們聽見這句話：「但同時也是還原真相。」

「你們有沒有讀過一本編劇工具書，」陳方圓的聲音總是在最突兀的時候冒起，讓人不得不把目光都投過去：「叫《先讓英雄救貓咪》？」

大家對陳方圓跳脫的離題習性已經開始司空見慣，開始連吐槽都省下來。

「什麼？」

陳方圓又為自己沒有好好鋪排說話而覺得窘迫，手忙腳亂地嘗試解釋：

「不……『救貓咪』只是一個比喻，這裡所表達的是一種技巧：在開始說故事前，作者要先讓觀眾愛上這個英雄。這樣接下來觀眾就會對英雄經歷的事產生更大的感情投射，情節的張力也會加倍。」

「所以，在今天火場的這個故事，」陳方圓見沒有人附和，把話再說白一點：「我們要不要先讓梁隊長救貓咪？」

「在哪給你找貓咪啊？」秋熒挑挑眉，不太確定自己明白陳方圓的話。

柳浩天從座位上一躍到桌子上，穿著熱褲的她不顧儀態地跨過會議桌，直抵資料板前指向羅隊員的照片，承接陳方圓的「救貓咪論」：「他說自己非常願意配合部門的故事，不是嗎？」

說罷，她便將那張網上瘋傳的照片移到資料板中央：「這張照片他們都已經戴上了全副裝備，從頭到腳都包得密不透風，其實不說的話就不知道誰是梁隊長，誰是羅隊員吧。」

即是不能移動的「點」就只有一名消防員大意犯錯，另一名沒有。

柳浩天隨即就轉向橫山君：「有沒有辦法可以找到失火餐館的平面圖？」

「為什麼是我！」被點名的橫山君嘴上不滿被命令，可是雙手已經自動自發打開了手提電腦，開始搜尋她需要的資料。

柳浩天沒有搭理他的鬧彆扭，瞇起眼睛獨自站在資料板前盯住那張相片，並沒意會到自己整個人擋住了其他人。她在苦思的是，假若梁隊長發現了自己的隊員忘記將救命鐘的鑰匙交給入口安全官，萬一自己有什麼事，就不會有人知道隊員還在火場。慎終如始的他會怎樣做？柳浩天拚命凝視照片，希望從中得到一些啟示。

而她的確找到了。

正當秋熒想開口說她擋住了視線，她霍地就把他和陳方圓兩人拉了出來。她讓他們站在資料板前的空位，自己卻蹲下竄進會議桌底下不知道在忙什麼。

「喂！你到底想要怎樣？」秋熒彎腰探頭一看：「你在找什麼？」

「我在想……如果角色對調，梁隊長在火場怕隊員走失，他會怎樣做……」柳浩天整個人完全爬進桌底，鑽出來的時候面露微笑：「然後我就見到照片中，那套裝備隨身袋有一束繩。」

她拍拍大腿沾上的塵埃，從桌底的插座拔走了他們共用的電話充電線。可以由地板延伸到會議桌桌面的任何一處的充電線，足有三四米長。

「圖中的是煙帽繩索，讓消防員在火場內互相綁住，不會走失。」橫山君的目光從電腦螢幕上稍微抬起，接著又說：「你的平面圖來了。」

他將手提電腦移到柳浩天面前，作出補充：「先旨說明，這家餐廳是家庭式經營，幾十年來都沒轉過手，沒有辦法找到平面圖。可是在它旁邊那棟由同一開發商同時建造的大廈，十年前剛好轉售過一次，在房地產網有紀錄。」橫山君由此推測，內裡的間隔差不了多遠，頂多會有像公寓單位般左右反轉的分別。

「使用繩索沒錯是不會走失，可是這是餐廳吧，為了可以擺放最多的桌椅，通道空間肯定有多窄留多窄，如果你們這樣移動……」柳浩天將充電線的兩端分別扣在秋熒和陳方圓的衣扣或皮帶扣上，然後拉著他們在狹小的辦公室內移動。部門的辦公室放滿雜物，加上會議桌太占位置，兩人走不了兩三步就會遇上阻礙，減緩前進的速度。

就在柳浩天迫著秋熒走過資料板和某張座椅椅背後的狹小空位時，陳方圓突發奇想，將其中一張椅子舉起。

「餐廳多出來的椅子會往上疊。有時為了節省空間疊得更多，就會將整張椅反轉疊上，椅腳朝天，」陳方圓將其中一張椅子倒轉疊在另一張椅子之上，故意誇大動作走過：「充電線就會被勾住了。」

他再故意使勁一拉被纏住的充電線，整張椅子險些就壓在他那邊的位置。要是他沒有預先準備大概也會閃避不及。

示範完畢，陳方圓馬上將椅子放回原位，有點因為突然搞出了這麼戲劇性的畫面而不好意思，壓低聲量解釋打個圓場：「我在餐廳工作過，所以知道。」

柳浩天聽後馬上再仔細研究平面圖，用指尖在手提電腦上放大地圖某處：「所以從頂層到這裡有道樓梯。羅隊員的證詞說洗碗工是在上層被發現吧？如果羅隊員抬住傷者下樓梯，但他和隊長的繩索被存放在頂樓的椅子勾到而掉落，在後方的梁隊長就有可能被椅子卡死壓住，在本來就狹小的樓梯間動彈不得……」

柳浩天不停用手勢在空中比擬兩人的動作，好像看著平面圖就能將場面繪聲繪影地描述出來：「羅隊員見狀，當然想要幫他搬開桌椅。可是梁隊長見火勢愈燒愈旺，就讓羅隊員解開繩索，趕快帶昏迷的洗碗工離開。而當羅隊員帶著更多人手回去搜救的時候，梁隊長已經陷入昏迷。」

梁隊長就是這樣拯救了大意犯錯的羅隊員，還順利讓洗碗工獲救。

「這樣我們還得確保入口安全官不會亂說話，還有在火場中有份回頭搜索梁隊長的小隊隊員……他們都不能聲張是梁隊長忘記啟用救命鐘。」橫山君不忘提醒，這個故事涉及到他們，必須得他們願意配合相信這個新真相。

柳浩天點頭，好像早有考慮過這一點：「梁隊長在局內聲譽一向很好，這樣不是問題。」說到這裡，她才記得自己完全忘記了總編的意見。她慌張地望向被擠到一旁的總編，正雙手抱胸板起面孔，直盯著她。她心裡大叫了幾百遍完蛋，誠惶誠恐地走近。

「造反了，都不用我說給你做就做起主導了？」總編刻意擺出難看的臉色，見柳浩天好像真的被嚇怕了才終於鬆開眉頭，用平日的腔調說話：「還不快點去寫？我還要把故事發到好幾個地方……其他人負責根據浩天的故事，分別以羅隊員、入口安全官、還有其他回頭搜救的小隊隊員的視角描述一次故事，好讓有人問起他們也能交代。」

四人聞言馬上竄回自己的電腦前工作。在觀察到柳浩天悄悄深呼吸了一口氣後，總編故意叫住了她。

「幹得漂亮。」他記得上次柳浩天爭取到做故事主導已經是好幾個月前的事。見她還愣在原地，又說：「還有，你書的初稿我看完幾章了，就在我辦公室。」

分針還未跑足一個圈，總編一邊拿著手機發訊息，一邊拿著已經完成的故事快步離開部門。凌晨三點，末班車早已跑光，他們也沒有回家歇一會又再回來的意欲，索性像平日完成案子一樣，圍著抽菸的抽菸，伏在桌面小睡的小睡。多待一會天就亮，秋熒說到時會幫大家外出買早餐，久違沒擔當主導的浩天請客。柳浩天看似心情大好，今早似乎也沒別的地方趕著要去。

陳方圓無意抽菸，在辦公室找了一個舒適的角落。煙霧濛濛的空間下他為自己披上外套，很快就打瞌睡。喚醒他的是不知從哪回來的總編，恤衫上面略有雨點灑濕的痕跡。外面下雨了嗎？陳方圓明知位於地下室的辦公室不會有窗，潛意識還是放眼望向灰白的牆壁。他再望向時鐘，原來累趴的自己不知不覺在這裡歇了兩小時。要是這裡有窗的話，陽光應該已經出來了。

看起來奔波了一番的總編站在門外，久久沒有進門。直至辦公室的每個人都把目光投過去的時候，總編才緩緩移開，辦公室的燈光終於照射到在走廊的人影之上。

那人身穿防水的套頭風衣，脫帽時停留在表面的雨點隨之卸下。皮膚黝黑的他濃眉大眼，剪了一個乾爽的平頭，腫脹的雙眼不知道是出於疲勞還是淚意。部門的人見狀，還得花上好一會才認出本人。

「我剛從醫院回來，官方已經公布了梁隊長的死訊。」總編這才向他們回報，順道介紹身後他們無一不認識的人：「這位是羅隊員。」

他們沒料過「故事」中的人物會親臨現場。以往都由總編或上面直接跟關係者聯絡，如非必要絕不會透露更多有關部門的資料。每一個太平的時代都需要有部門，但同時不可以有部門。

資歷最久的橫山君知道把故事的關係者帶來部門並不常見，事實上部門這個秘密機構本身就不應該有任何訪客；主力負責這次故事的柳浩天心頭一虛，把梁隊長的失誤推到羅隊員身上是她的主意，現在背黑鍋的人找上門來，沒有人比她更為不安。

「你們不要這副樣子，」眼尖的總編一眼就看穿他們腦袋中的疑惑正如何分分秒秒地漲大：「羅隊員在醫院把我們的『故事』通知了梁隊長的家人後，堅持想要跟我回來，見見編造故事的人。」

在總編說完之後，羅隊員微微向他們鞠了一躬。

他們在構思故事的時候只注意要保護梁隊長的聲譽、保護消防員的聲譽，沒特別想起梁隊長像每個人一樣。脫下十幾公斤重的裝備，英雄也是一個有家人的普通人。家人才不會在意梁隊長有沒有拔掉那什麼鑰匙，有沒有大意犯錯。他們只想梁隊長回家，他做過什麼、沒有做什麼都不重要。

「為了成全故事，我們將責任推卸給無辜的你。」秋熒無法再忍受這股所有人都不知所措的氛圍，得知羅隊員還要負責將故事始末告知梁隊長的遺孀就覺得心有不忍，率先站起來向羅隊員反鞠一躬：「很對不起。」

內心責難得更厲害的柳浩天見秋熒打破了缺口，也乘勢站起來道歉：「明明你沒有做錯，我卻把你寫成故事的奸角。」她咬咬唇，比起對照資料板上的照片編故事，當著真人的面更難掩愧疚。

總編沒料到兩人會有此一著，趁橫山君甚至陳方圓也加上一嘴之前就插話叫停他們：「羅隊員特意登門造訪，想和你們說的不是這回事。」

羅隊員聞言，站在門口位置隔遠看到資料板上貼著自己和隊長的照片，再一次並排而列，浮腫的雙目下擠出會心的微笑。「隊長他有一個六歲的兒子，志願是跟爸爸一樣當消防員。」羅隊員看著隊長定格的笑容，不其然就想起他兒子在醫院似懂非懂的神情。

但羅隊員的話還沒有釋除作家們的疑慮，他們仍然不知道他特意前來的用意。

「我來是想跟各位說，我樂意承擔要我承擔的事，很感謝你們編了一個這麼好的故事。」他頓了一頓，似是回想剛才自己在醫院向隊長家屬說出的故事：「在我眼中，我沒有覺得自己是奸角。可以成為梁隊長英勇殉職故事中的配角，我反而很光榮。」

親口道謝後，他又深深欠身。他向總編使了一個眼色，示意自己已經把話說完就動身離開。看來總編已經說好部門謝絕探訪，只有這次才破例讓他親自向在幕後寫故事的人道謝。

他們始終是作家，沒有作家不喜歡聽到讚美。總編對這點再明白不過。

「謝謝你們。」羅隊員離開前，確保自己的眼神有對上在場所有的作家，到他走近出口，也不忘再看上在最接近門口的陳方圓一眼，向呆滯的他再一點頭：「謝謝你。」

陳方圓的反射神經使他也自然地頷首，順理成章地接受了這份謝意。而羅隊員親口由衷的道謝，在陳方圓的心裡猶如種下種子，總有一天，總編相信這份信念能夠在固執的旱地上萌芽。

快要到正常的辦公時間，送客後的總編回到房間把門半掩。沒有案子被發下來，部門回歸平靜，在外面的他們又開始一邊抽菸，一邊修繕自己的作品或作相關的資料搜集。陳方圓沒有打開部門安排給他的手提電腦，反而從辦公室的書櫃取來了一疊新的原稿紙，準備他那講述城市變遷的小說。

菸灰缸或也曾經質疑，自己不停被填滿又掏空，清空後又被填充迴圈般的使命意義何在。

自從有過訪客，部門的氛圍好像稍稍變得不同。可是這種差異微乎其微，卻又沒有任何人可以否定差異的存在。

總編從第一天就教他們，部門是「好心做壞事」，他們本著好心去做必要之惡事。可是見不得光的作家長期屈居地下室，他們每次工作都只能領會自己偽造新聞的壞事，卻甚少如此聽到別人讚美他們的好心。

柳浩天得知故事已經被刊出，馬上登上各大新聞網站查看反應。作者始終在意自己的故事，無論是以哪種形狀面向世界，好奇它在世人眼中長成什麼樣子是理所當然的事。

她瀏覽著各大刊出了梁隊長英勇殉職的新聞網，原先只想打探觀眾對於故事的反應，以及擔心有輿論將矛頭直指無辜的羅隊員。可是她在搜尋時滑到其中一家報社的網站，卻發現一段出乎所有人意料、點閱率極高的影片。

「喂，你們快來看看。」

她呼喊房間的眾人，目光卻沒有移開過螢幕半分。新聞在半小時前左右刊出，那間報社的記者不知為何在醫院逮到了梁隊長的兒子，並將麥克風遞向他的短片放在網上，標榜「獨家訪問」。

「你掛念爸爸嗎？」、「你現在感覺如何呢？」、「媽媽會向消防局索償嗎？」主持人把麥克風塞到一個六歲目光呆滯的孩子面前，連珠炮發問著一大堆尖銳得可以刺穿任何一顆受傷的心臟的問題。小孩子四處張望，發覺母親不在附近，而他已經被鏡頭、收音器和一群彷彿隨時會吃人的大人所包圍。不慣面對鏡頭的他顯得不知所措，但當他聽到主持人問到「有什麼話想和爸爸說」的時候，好像突然聽懂了這個問題。他對著報社瞄準他的鏡頭，伸手放到自己唇上，將飛吻帶給以為會在鏡頭內看到的爸爸。

這種行為在各種新聞道德上都講不過去，但他們的確捕捉了極具新聞價值的溫情鏡頭。讓梁隊長英勇保護同袍的故事更添一層感人的濾鏡。

一如他們所料，網上的評論風向一面倒，梁隊長為了保護隊員而殉職的英雄事跡足以蓋過「羅隊員」疏忽安全守則的缺失。秋熒本來擔心他們會讓羅隊員背黑鍋，外面亦沒有太多抨擊羅隊員因大意而害死隊長的聲音——因為他不犯錯的話，梁隊長就沒機會上演英雄的戲碼，這齣「新聞」就不會那麼感人。回顧最初，成立「部門」的人就是看準新聞和故事有時是一樣的，民眾只想看好看的。假若你讀到一本好看的小說，你也不會在意內容是否為作者親歷。一個好的演員，也從來不會在意自己演的是忠角還是奸角。

柳浩天的電腦螢幕定在梁隊長兒子向鏡頭飛吻的一格，陳方圓定眼良久，看著他似懂非懂地望著鏡頭，陳方圓突然有一刻產生了他正在看著自己的錯覺。

「如果兒子知道梁隊長是大意導致殉職，事情會有不一樣嗎？」

陳方圓無故吐出這句，再一次惹來所有人的目光。陳方圓有時懷疑自己太擅長在不合適的時機說上他自己都不知為什麼不合適的話。他想的是，如果孩子知道父親大意殉職的真相，他長大就可能會變成一個無比謹慎的人，或無比謹慎的消防隊長。現在，他可能只會記得那個為了同袍可以犧牲一切的梁隊長。

雖然從「救貓咪」的角度而言，梁隊長英勇的事跡悲傷又感人，而且羅隊員還為長官守住了名聲覺得無上光榮，在故事裡外來說情感張力同樣十足。可是陳方圓在意的是，這個會不會只是作家們讓自己好過、而令自己相信的答案。他始終擔心在這裡編出來的故事，會在不知不覺間毀了某人的一生都不自知。

「我覺得真相主要是安慰妻子，對孩子來說可能影響不大。」橫山君是第一個開腔回應陳方圓的人：「孩子崇拜父母，想成為和他們一樣的人不是很自然嗎？」

無論是勇敢還是謹慎，成為像爸爸一樣的大人就好。橫山君托著眼鏡，在這段對話的最後是這樣說的。房間的其他人都沒有回話，只有秋熒向著陳方圓，笑了一笑。陳方圓想起秋熒在他初加入時說過的話——部門的每一個人都知道這算不上一個好故事。他們成功的是讓一個壞故事，變得沒這麼壞。畢竟沒有這段新聞，消防員流失率日益遞增，最終只會有更多父親消失在火場中。那時候就不止影響一個孩子、一個家庭。

「我想，也不是所有孩子都希望自己像父母的。」話題冷卻，柳浩天才突然回應著橫山君的說法，顯得她這段時間一直在思索這段話：「我父母都不識字，但我偏想當作家。」

「你小時候就想當作家？」陳方圓把話題帶偏到兒時夢想之上。在小時候，誰都知道自己將會成為大人，但卻沒有太多人猜對自己會成為一個怎樣的大人。

「想啊，」柳浩天吐吐舌頭，舌尖的舌環耀目搶眼：「在中學大家都覺得看書的是呆子，就算我不敢跟朋友說我喜歡寫作，我也默默地想當作家。」

「為什麼呢？」秋熒也對這個話題感到興趣。不少人對女作家的外型有一種很典型的印象，女作家應該是斯文有禮，穿著白色紗裙像仙子一樣的氣質少女，和柳浩天的形象格格不入，她也自知這一點。但成為作家、擁有自己一套作品的夢想卻一直在她心裡不容否定地存在。

「沒有為什麼，」她聳聳肩，又為自己俐落地點了一根菸：「喜歡一個人，你會說得出為什麼喜歡嗎？」

秋熒和橫山君開始說著自己寫作的起源，秋熒是為了追求修讀文學的學姊，橫山君則是因為家境不好，高中就開始參加寫作比賽賺取獎金。

「陳方圓呢？」大家期待從他口中聽到答案。作為部門的新人，大家對他的認知還不多。

「我也不肯定，」陳方圓覺得談起自己的過往還是有些袒露的感覺：「或許是因為從小到大都沒什麼朋友，學校家裡都沒人跟我說話，我只好看書。每次打開故事，就覺得這名作者一直在跟我說話。如果在半天看完一本書，就像這個人一直跟我說了半天話，感覺沒那麼孤單。」他故意說得輕描淡寫，但事實是這種虛無飄渺的陪伴拯救了他無數無數次。那些時候他就想，如果可以，他也想成為這個對別人說很多話的人。如果可以，他也希望拯救到人。

「哎，」柳浩天伸了一個懶腰，指間挾著的菸蒂菸灰斷開，跌了一地：「如果我們有一天都成了暢銷書作家，一起去書店辦簽書會，那多好呢。」

秋熒忙著笑話她的空想，身在部門的他們狀況大抵類似。好不容易得到過出版機會，卻因為銷量不佳而無法說服出版社繼續投資下去。於是他們就成了一群有過零星幾次出版經驗，卻懸在這裡發展不下去。陳方圓聽見柳浩天的話，彎身打開自己背包的拉鏈。

「請你幫我簽個名可以嗎？」陳方圓取出那本貼上了折扣標籤的《鞘舞江湖》，打開第一頁雙手遞上：「柳浩天老師。」

柳浩天被哄笑，推開書本叫他不要鬧：「你知道總編為什麼要將這本書買下來嗎？」她問陳方圓，看準他不知道。

「因為……想我透過故事，認識共事的你們？」陳方圓回想在他剛加入部門時，柳浩天故意隱瞞自己的身分時跟他說了這個原因，他一直不疑有詐，沒想到這又是柳浩天戲弄新人而胡謅的。

「總編他經常跑書店，要是見到我們的書被特價促銷，他都會買下來。」在這裡待得最久的橫山君開腔說明，總編一向有這樣做的習慣：「我們每人出版過的作品他都有一套了。買下特價書的原因，是他不想別人在書店因為見到這本書被貼上促銷標籤就認定它不好看。」

總編說過，每個故事，都值得有一個被公平對待的機會。

「可是市場本來就不公平吧。」柳浩天合上《鞘舞江湖》，用指甲輕輕刮著貼在封面的特價促銷貼紙。可是那個貼紙好像偏要和她作對似的，任她再使勁也只在封面留下不能回復的刮痕，那張搶眼的貼紙卻牢牢定在封面之上，像刺青一樣要從此成為書的皮膚的一部分。

「或者應該說，是另一種公平？」秋熒回話，苦笑道：「只是，沒對我們有利罷了。」

他寫的愛情小說經常被出版社包裝成青少年向的言情小說，可是秋熒寫的愛情小說比起這還要更嚴肅一點。當中探討的主題除了愛情，還延伸至原生家庭以及社會看待不同感情關係的看法等等。他很清楚自己寫的不是這類型，結果就是因為出版社只認為青少年讀者群比較廣，硬將秋熒的小說無論封面、定位和分類都設計成青少年小說，結果一心想看青少年言情小說的年輕讀者讀起來當然會失望，甚至表示看不懂，而真正想要看社會派愛情小說的讀者，又會因為歸類而錯過了他的小說。但出版社毫不關心，只要書賣出了就有進帳。他們不明白，秋熒作為作者明明也能獲得更多版稅，為什麼會反對。

「運氣也是實力喔。」橫山君不忘糾正他們。作者的實力除了詞藻瑰麗的文筆、出人意表的情節、扣人心弦的故事立意等等，也像世上所有其他工作一樣，仕途順遂與否也是決定性因素。

柳浩天見大家談得興起，捏熄了菸蒂把身子倚在桌上，求知若渴地望向眾人：「你們的第一本書賣了多少？」

「好像是一百多？」秋熒偏頭瞇著眼：「哎，但有五十本是我父母四處向親朋好友宣傳而買的啦。」

「我多一點，四百。」橫山君習慣性地抬眼鏡，說得泰然自若。推理故事在H

城算是新興的小說體裁，讀者群在幾年間遞增，銷量有一定的保證。

陳方圓聽見這個數字雙眼都快發光：「我……好像只有三十本不到。橫山君你好厲害啊，我初印都只是印了五百本。」明明印五百本和印一千本的價錢都所差無幾，但出版商非常誠實地告訴還是新人的陳方圓，不只是印刷成本，賣不出去拿去庫存也是要錢的。在那刻他充分感受到，自己的作品不是什麼藝術品，只是占位置的貨物。

柳浩天翹起雙手，愈想愈惆悵：「你不覺得很古怪嗎，明明我們在部門寫的故事都有好幾十萬人閱覽讚好，有的說故事溫情，有的說駭人，寫故事能激起讀者愛恨情仇就算不差了。那為什麼我們用自己名字，認真構思的小說故事就完全乏人問津？是文筆的問題、書店擺位的問題，還是知名度的問題？」

「如果說知名度什麼的，每個作者一出道都是由零開始吧。」橫山君持平地說著，這個問題每名作者在心中都已經思索過無數次：「所以說到最後，還得靠曝光和宣傳，覆蓋率要高才有機會吧。畢竟要是看小說的人跟看新聞的一樣多，寫作圈也不用僧多粥少。」

只是不是每人都找得到自己的答案。

「我知道我知道，可是，」柳浩天指住電腦螢幕，某新聞網的瀏覽數字每秒自動更新都幾十幾百地遞升：「你們看今天梁隊長捨己拯救同袍的故事已經有上千遍轉發，即是說至少有成千上萬人看過我寫的故事，明明就比起某些暢銷作者還要多人看，我卻沒有辦法寫上自己的名字。用心構思出作品，也想讓人知道原來有個叫柳浩天的人這麼會寫啊。」她在螢幕邊框的反射面見到一張頹喪的臉，為一個與自己無關的故事而自豪，好像有點怪。

「不被人發現新聞其實是故事——正是部門存在的意義吧。」橫山君不但沒有打算安慰她，反而一下道出重點：「還是說，你的名字想要在我們的新聞出現？」

「你亂說什麼——」柳浩天隨手就從會議桌上撿了一本亂放的參考書砸他：「你沒聽過嗎？『出名要趁早，不然快樂也不夠痛快』啊。」

橫山君驚險閃過，仍得習慣性地輕抬眼鏡：「沒聽過。」

「張愛玲，」在旁的陳方圓突然搭嘴，發現眾人投向他的奇異目光，他才報以不知自己又搞砸了什麼的無辜眼神，又把話重覆說一遍：「剛才那句話，是張愛玲說的。」

＊　＊　＊

待到下班時間，陳方圓故意裝作有事要忙，等他們三人都已經離開才走近總編室，輕輕拍門。

「我以為你們已經走了。」坐在工作桌前的總編往探頭的他招招手，眼尾瞟向桌上的桌上鐘擺。他待陳方圓坐下，合上手上在做的文件，關切地問：「找我有事？」

陳方圓連忙擺手，他怕總編會以為他有工作上的要事才擺出這副正經八百的表情，隨即將手上的稿件放到桌面之上。

「我聽他們說，他們寫好作品都會拿給你看，」陳方圓一想起總編是得過那些獎項殊榮的前輩高人，將自己的作品交到他面前就不自覺地緊張起來：「總編如果你有空的話，可以請你指教一下拙作嗎？」

總編二話不說就向他招手，一邊示意讓他拿來，一邊點頭噥道：「這才對嘛，一放下筆桿，再要拿起就很困難……」一拿起《城堡》的稿子，總編隨即就發現了全篇稿都是手寫而成的，但他沒有對此多作評論，作家的故事才是他的本體，就這樣一頁接著一頁地閱畢完整一個章節。總編雖然全神貫注地閱讀文句，可是偶然瞟向陳方圓，在原稿紙後的他一副坐立不安的樣子，好像在手術室外等待什麼壞消息的親屬。

「你在書店有見過別人看自己的書嗎？」總編放下原稿紙，不忘替他整齊疊好。

陳方圓搖頭，如實承認：「……沒有。」他的小說和詩集在初出版時，的確有在書店上架了一段時間。但他自己知道銷售數字，要作者本人在書店遇上一名買了他的書的讀者，機率渺茫得不值一提。

叫陳方圓意想不到的是，總編竟向他分享自己的經驗來：「我出版的第一本書是得獎作品，所以才第一次出書就有幸參加書展。我在自己的書旁邊站了一整天，沒有刻意去推銷什麼的，只站在一旁觀察著。結果一天下來，你猜有多少人拿起過書，又有多少人買了？」

陳方圓憑自己逛書店書展的記憶，認真掂量：「我想拿起來後放回去，和願意付款帶回家的人大概是一半半吧。」

「沒有。」總編說得不痛不癢：「我看了一天，拿起的人一個都沒有；自然買回家的人也是一個都沒有。」話畢，他還補上一個打從心底散發的微笑。

「怎可能……」陳方圓不能相信這個故事屬實，一不小心就說溜了嘴：「總編的書不是得過文學獎嗎？這樣的書我一定會想看……」

「你覺得這座城市有多少人聽過本光文學獎、H城文學獎？」總編沒有追問陳方圓為何會知道自己的底細，亦無意隱瞞，重點卻在追問他：「你自己也得過文學獎，有人因此而覺得你很厲害嗎？」

陳方圓被戳中了痛處：「那倒沒有……」但他心裡想的是，自己得的只是入圍和佳作獎，總編卻是三料大獎得主，怎能跟自己相提並論。

「先旨聲明，我有覺得你很厲害的。」總編朝他溫暖一笑，拉開背後敞上門的書櫃。陳方圓萬萬想不到，總編從櫃中竟然取出了他寫的那本詩集和小說。旁邊還有柳浩天的《鞘舞江湖》、橫山君的《不吃鳳梨就沒法推理》系列、還有秋熒的《情場迷路指南》。對於自己才加入不久，總編已經搜羅了他的作品珍而重之地放在書櫃之上，受寵若驚的陳方圓一時反應不來。他曾經以為，世上除了自己就不會有人會如此重視他的作品。

「咳咳——」總編一連咳嗽幾聲，擦拭溢出的淚水後接著說道：「你的詩集和小說我都看過了。你擅長寫的是意象深刻，且具備時代性的故事。我喜歡你不會強行加諸控訴味，反而透過很多周遭的小事烘托出大環境的荒謬。這些作品即使過了很多年後，仍能像時間膠囊一樣保管了今天的社會問題，後來的讀者打開來看，會像打開錄影機。」總編侃侃而談起來，甚至不用打開他的作品也早已牢牢記住。

得到前輩這般的讚賞，陳方圓大為感動。柳浩天一開始質疑過他文學有什麼意義的時候，他正是回答過這樣的話。不過知易行難，陳方圓一直很想知道自己的作品有沒有將他的感受和視角傳遞予讀者。文學像一部加密器，作者將信息傳出，只有願意努力去破解的讀者才能接收訊息。戰爭從來沒有停歇，尤其在和平時代更甚。能夠在這裡獲得肯定，他對自己的質疑也就不攻自破。

他連續深呼吸了好幾回，才能穩住自己的心跳好好說話。他想，一定要好好讓總編知道他的話對自己多有意義：「有了總編的認同，我覺得……就算賣得不好都不重要了。評審的眼光和市場的眼光，本來就有距離……」

「你說銷量毫不重要嗎？」豈料總編砸斷了他的話，挑眉質疑。他見陳方圓呆住良久，才繼續說明：「你誤會了，我稱讚你的作品，不是希望你這樣想。」

「嗯……？」陳方圓露出更為不解的神色。

總編此刻正眼看著他。其實打從第一次在餐廳見到他被經理揶揄是大作家的時候，他早有這種既視感。總編之所以會毅然決定招攬他，全因為他覺得這個年輕人，很眼熟。

「我讀了你第一本書的後記，你說寫作是為了想改變別人，讓別人的生活變好吧？」總編知道他為何會有這種誤解，也知道要怎樣說才能讓陳方圓明白：「就像我之前所說，我很欣賞你在書中的隱喻和意象，沒有正面抨擊，而是將想像像積木零件一樣，一件一件傳遞出來，在讀者腦海慢慢建構。你的書是要留給願意花時間，花心思的讀者才讀得懂。可是……」

「可是？」陳方圓一臉難堪，無比渴求答案。

「如果一本書不能讓人拿起來，就連改變別人的機會都沒有。」

總編這話像一顆大鉛球，沉甸甸地擱在陳方圓心上。在這之後的好幾十年，一直沒被挪走。

「純文學、嚴肅文學這類作品不是沒人看，只是比起流行小說的路要難走很多。」沒有人比總編更清楚陳方圓正面對的困惑，因為當年他也走過一樣的迷茫：「當然你也可以說是行銷或封面設計師沒做好，所以才無法暢銷。但說到底為作品負責的都應該是作者吧。」

「所以，作者就應該要為了迎合市場眼光，去放棄自己想寫的？」他想起了酒廠老闆要他寫一些「吸引眼球」的故事，寫出那種空有噱頭卻內容空洞的廣告文案。商業世界要賺錢他懂，但他不願為此寫出自己不認可的作品。文學可以賺錢，但不應為了賺錢而扭曲文學本身，這樣是本末倒置。

「總編，《白鯨記》被譽為是美國最偉大的長篇小說。你知道它在出版第一年賣了幾本嗎？」

陳方圓堅定如磐石的眼神投向總編，看準他不會作出任何反應便逕自接著說：「五本。當時梅爾維爾拿著《白鯨記》，所有人都說它篇幅冗長，不可能吸引到讀者而多次被退稿，即使出版後在頭一年也只賣了五本。如果梅爾維爾聽從市場而改變自己，將篇幅改短甚至重寫一些『吸引眼球』的故事，這部史詩鉅著就不會出現吧。」

「《白鯨記》，」總編隨手從桌面拿起一枝鋼筆，漫不經心地轉著：「那你知道是在什麼時候才開始暢銷？」

陳方圓被問題殺個措手不及：「大概……」

「一九二零年代。」總編在他最出其不意的時候，像投下一記扣殺球般以更凌厲的眼神反擊：「足足在書出版了七十年後，它才兌換到應有的文學地位。到《白鯨記》真正獲得重視的時候，作者已經死了三十年。」

「這不重要。」陳方圓很快就穩住了心態，他一直相信那個堅信文學價值，不應被市場沾汙的自己。

「你不想見到自己的作品成名的一天？」總編略顯遲疑，執意反問他。

「要是它會成為史詩，」陳方圓盯住自己的鞋尖細想，回答的時候才抬頭望向總編：「我可以不用親眼看見。」

空間像播放完一首激昂的搖滾樂曲後卡帶，死寂了一圈。

「總編，」陳方圓後來想，如果當下的他多一分理智或許就不會問出這樣冒昧的問題：「難道你也是寫了吸引眼球的故事，所以才贏到文學獎？」

聽見此話的總編愣了一下，可是迅速又恢復平日四平八穩的持重，這種程度的直率殺他一個措手不及，他很清楚沒有什麼是永遠的。最後他從沒有正面回答陳方圓這道問題，反而拋出一句：「『如果你能遵守小規矩，才有機會反抗大原則』。」

「這是……」陳方圓意想不到會從總編口中聽到這句話。

「你有讀過《一九八四》吧？」總編挑眉一笑，明知故問。

「這個當然。誰沒有？」

總編微頷：「如果你認為自己有這個能耐，怎麼不先走進市場，成為一部分之後再努力改變它。」

陳方圓崇拜總編的造詣，唇槍舌劍之間他知道自己至少應該認真考慮一下，畢竟說要尋求總編意見的人是他。人們至少應該從七十多年前寫成的《一九八四》學到什麼。

「所以你帶我來部門，是想我學習他們幾個的長處，平衡作品後就能走進市場？」陳方圓對這種說法還是半信半疑。這樣一來，他的作品到底算是藝術品，還是商品？

「你的作品也有他們沒有的東西。」總編不喜歡正面回答問題。他將陳方圓給他的手寫稿仔細收進文件夾，放在桌上待辦事項的一處。

「作家都有各自的修行。只是有人陪伴的話，路會比較容易走。」

陳方圓不知道總編對他說的每句話其實都不是和他說，而是向往日的自己訓勉。

畢竟人生甚少有第二次機會。

將稿件交予總編，陳方圓在離開房間前恭敬地向他微微鞠躬。只是他一轉身，在門前又止步。

「總編，我還可以再問一個問題嗎？」直至把話說了一半的此刻，陳方圓還在猶疑自己要不要說下去。

總編揉著今天似乎已經操勞過度的雙目，用眼神靜待陳方圓煞有介事的提問。

「《向光說》是一個什麼故事？」

陳方圓想知道這是一個他遵循小規矩的故事，還是反抗大原則的故事。總編似是沒有聽見陳方圓的問題，亦沒有追問他為何會知道作品的名字。他看了一下手表，就開始略略收拾起工作桌上和抽屜的家當，簡單塞進公事包後便關上房燈。

「今天可真漫長。我下班了，你要回家嗎？」總編掏出噹啷作響的鑰匙串，示意他快要鎖上大門。陳方圓當然不想輕易放過連忙追問：「總編！」

背向著陳方圓的總編一手提著公事包，一手伸往會議桌上滿載的菸灰缸。單手捧住菸灰缸的他蹲在垃圾箱前，輕輕把作家們思想的副產物倒出清理，再放回原處。

而總編直到最後的最後，還是沒有給他答案。

第五章

《鼠疫》

圓。

「你真的跑去問他了？」三人擠在會議桌上，目光像饑渴的槍口一樣對準陳方圓。

「是啊……你們不想知道嗎？」陳方圓跟他們說起昨晚詢問總編新作的事，料不到他們會這般難以置信。

今天的部門並不尋常。平日總是最早回來又最遲離開的總編難得不在，他大清早就打電話跟橫山君交待說自己會晚點才到辦公室。房間中的幾人才敢肆無忌憚地從居酒屋買便當回來當午餐，邊吃邊配總編的是非。

「唔，我只是好奇像他這樣不苟言笑，開口多是批評我們哪裡哪裡做得不好的人，會寫出怎樣的故事。」柳浩天打開了新鮮的生魚片便當，一下子就把醬油全倒進碗中。她一邊用筷子攪拌，一邊道出總編對他們而言是一個何等神秘的存在。與其說怕他，更多的是不敢踏足有關他總編身分以外的一塊土地：「那他說什麼？」

陳方圓仔細地將鰻魚逐片逐片撥到旁側，排列整齊才開動。他故意清清喉嚨，連同語氣一樣認真模仿：「『我還未完成，還未知道結局。』」

眾人起鬨散去，柳浩天不忘給他舉上中指。

「什麼啦，我是真的有去問啊！」他們洩氣的反應讓陳方圓覺得很委屈。

失望的秋熒早已扒光了他點的冷麵，點起菸來解悶。柳浩天和橫山君雖然未吃完，見狀也跟著要了一根：「你要是這樣寫小說，把人吊胃口吊了幾萬字然後爛尾的話，肯定被打死。」他們極有默契，像平日傳閱文件一樣傳著打火機。

他們把菸灰彈在潔淨的菸灰缸上降落，理所當然得似乎從來沒有人思考過這件物體為何每天曉得自我重設一樣。

陳方圓沒有把真相告訴他們，只顧連聲為自己辯解：「不是啊，留白等於爛尾嗎？沒有答案等於爛尾了嗎？人生很多事情也沒有答案，又不會有人說上天爛尾。」他張開雙手加強肢體語言的語氣，自覺說出了一個不錯的比喻。

橫山君一放下盛有麵豉湯的塑膠碗，打了一個嗝後不加思索就挑出癥結：「分別在於他們不能選擇不活，但他們可以選擇不看你的書。」

「你——咳咳——」柳浩天想加張嘴說他，卻被菸燻得咳個不停，嘴裡半咀嚼過的米粒接連噴到會議桌上，她一連幾次嘗試深呼吸穩住氣管還一直在咳。

「喂你怎樣啦？」在旁的秋熒不禁關心起來，在菸灰缸邊緣擱下菸蒂，輕輕拍著她因不停咳嗽而彎下的背：「叫你別抽那麼多，長肺癌我們得交稅養你啊。」回過神來，橫山君已經給她從飲水機斟來了一杯水。

「沒有關係啦。」柳浩天喝下清水，總算平息了頑劣的咳嗽，繼續把剛才想說的話說完：「我是想說，看不出總編是那種直覺型，不寫到最後也不知道自己要寫什麼結局的作者啊。平日工作時他總是有條不紊地把事情處理安排好，看不出到了創作會這麼隨興。」一個人有趣與否，總是在於他在某些面向有著多難以預計的反差。

「我也是這樣的，」陳方圓舉起手，一邊指著自己的鼻子，一邊咬著烤得略帶嚼勁的魚皮：「劇情不應該是我想角色怎樣做，而是要看角色自己想怎樣做。」

「那角色要怎樣告訴你？通靈還是報夢？」秋熒歪嘴笑說，柳浩天卻逕自繼續抽菸。

「寫著寫著就會知道吧。像你認識一個女生，不也是從約會聊天、發訊息之中了解對方更多嗎？」陳方圓合上便當盒蓋，井井有條地將整套餐具放回外賣帶回來的塑膠袋之中。他著重跟角色培養感情，幾年才寫好初稿也不足為奇。

橫山君也忍不住加入討論，反對陳方圓的主張：「這可不行啊。我在網上連載，本來不出名的作者已經沒多少讀者願意看，如果我不每天更新個幾千字就更加留不住人。」橫山君對陳方圓用上幾年還完成不了一個故事大感詫異，又再重新對他說一次：有人看的才是故事，沒人看的，只是作者自瀆。

陳方圓放棄反駁人多勢眾的他們，只以沒有人聽得見的聲線呢喃：「才不是這樣。」

只有他自己知道就好，反正每人要修的行都不一樣。

說起連載，趁現在的空檔橫山君決定把握時間，在故事平台更新他正在寫的《耆談偵探事務所》。他答應讀者隔天更新，但為免拖稿都會準備足夠存貨。他打開故事平台的首頁，陳方圓在對面清楚瞥見他在短短十秒間經歷何其起伏的微妙變化：先是閃過一抹喜悅、然後跌入疑惑，再來他緊皺眉頭，好像難以置信眼前所見之事而墜進更深的迷惑之中。

「怎麼了？」陳方圓前往他螢幕旁邊關心，看了一眼就知道他臉上為何會出現這種表情。「耆談偵探事務所」的故事登上了排行榜第七位，點擊數已達三千。橫山君就是看到這個畫面而喜不自勝，可是只要認真多看一秒，他就發現上榜的不是「耆談偵探事務所」——應該說是《我在老人院當偵探的日子》，而作者名也不是「橫山君」，而是另一名本來已經有兩個故事在榜上的人氣作家。

陳方圓從怔住的橫山君手上搶過滑鼠，一下就點進去可疑的標題上。這個故事昨天才開始連載，短短時間已經收穫不錯的點閱率而上榜，陳方圓之前看過橫山君的故事開頭，除了角色名字作出改動，其他句子基本上也只是刪頭減尾，情節的推進和鋪排如出一轍。要說是巧合的話，那一定得心有靈犀才做得到。

「我們向平台舉報他吧。有沒有投訴電話，或者電郵？」陳方圓心頭一緊，對還呆若木雞的橫山君感到焦躁起來。秋熒和柳浩天見狀也湊過去一看究竟，只是他們在懂了來龍去脈之後，竟然就這樣站著，柳浩天只把手搭在橫山君肩上。好像除了陳方圓，就沒有人打算動身或說話。

陳方圓由慟怒變成狐疑，這種冷漠並不尋常：「你們怎麼一句話都不說？」

「因為其實沒什麼可以做的。」橫山君開腔答道，不想陳方圓把氣發在兩人身上。他們知道，因為這些事在網路世界比比皆是，故事大致雷同，只是這次主角剛好是認識的人。

「怎會沒什麼可以做？」陳方圓不能想像他們在這件事上為何會如此消極，只好按捺住激動指向螢幕的主頁面：「你們看，排行榜下面不是有個『最近更新』榜嗎？」就在那刻，他想出了一個可以活用平台功能來反擊的點子：「我們建立一個新的貼文，在故事標題就明言道出抄襲這件事，把它推上更新榜，讓這個平台的人都知道。」

「沒有用的。」橫山君回答的速度快得他像早就預想過這一切早晚會發生一樣：「平台為避免用戶濫發留言，限制了每人每日的留言數量，我們一個人推動不了多少。況且更新榜是連讀者的留言也會算上，所以在排行榜首幾位、討論熱度特別高的總會長期置頂，人氣不高的作者哪怕每天勤快更新，很快又會被讀者人多勢眾的故事給刷下去。」

「可是作品上榜，這些作者有分成的吧？這還不構成是盜竊嗎？」陳方圓內心的鬱結快要膨脹到極點，他用滿腔的悶氣想吐出來，卻遍尋不獲能夠安放的地方。

秋熒見狀，出於幫助橫山君的心態來向陳方圓解釋現狀：「其實只要對方不是一字不改地完全複製過去，平台就得找人手花時間去驗證舉報是否屬實。這些抄襲的舉報他們隨便一天都接幾十一百個，處理到的時候故事可能已經早完成連載，下架也沒多大影響了。」

柳浩天點頭，她和另外兩人都有過在網上寫作連載的經驗，這種事情可說是司空見慣：「況且讀者應該不會管。他們只在乎看得開心，原稿是誰寫的對他們沒有影響。」對於一直習慣參加文學比賽，將文章呈交給評審老師看的陳方圓來說，很難想像網上的大眾都是目標讀者。一百個人就有一百種心態，有多理解就看作家的功力有多深厚。

「所以我們就作罷了？」陳方圓已經快要分不清自己氣的是那名抄襲的作者，還是不為所動的橫山君：「這可是你辛辛苦苦絞盡腦汁寫出來的故事，不去保護它嗎？」

橫山君挑眉看他一眼，以反問的語氣道：「我有什麼力量可以保護它？在網路世界，誰的聲音大就是誰正確，而在這些平台人氣和熱度根本就是一切。」

他見陳方圓一時語塞，逕自續說：「老實說，就算我把事情鬧大了，那又如何？平台肯把他的文章下架，他或許會丟了一兩位讀者，但我的故事還是一樣沒人看。」

陳方圓本想回他一句那不是如何的問題，那是正義的問題。可是當他目睹當事人都擺出這副態度來看待被抄襲的事，陳方圓就開始想在這裡背後存在的問題會不會更大。

「現在，我至少知道有一個人認真看到我的故事，他也得好好看完才能抄襲啊。平台這麼多名不見經傳的作者，這麼多滄海遺珠，他為什麼偏要選我？」橫山君說到這裡，竟然還能在抬抬眼鏡後展露出發自真心的笑容。無論事情本體的對錯，他由衷覺得自己被欣賞。

陳方圓覺得再爭執下去沒有意義，反正他說的話他們全都想過，只是在反覆多次經歷之後選擇低頭接受：「那你還會繼續寫嗎？」

「寫啊，怎麼不寫？」橫山君抖擻一下精神，隨即就打開文檔繼續準確在自己的貼文更新新的一章：「我們在這裡寫這麼多故事，哪次是冠自己名字？」

當他親眼見證橫山君在經歷完這種事後，終於明白他為何會說出「有人看的小說才是小說；沒人看的只是作者自己的自瀆」的話。意思即是除了本人，根本沒人在意。孕育出這種想法，扭曲的是噤聲的作者、形成高牆的作者，還是盲目追星的讀者？

在他們忙著戲謔橫山君有生以來終於第一次得到賞識的時候，部門的大門就被打開。他們早就料到回來的人是總編，沒想到的是進門的人戴著口罩，看起來如此萎靡不振。

「咳、咳。」總編平日的樣子總是疲憊不堪，但這天口罩下的臉容更加憔悴。

「總編你生病嗎？」秋熒首先站起來關心，前去想要幫他拿著手上的文件也被總編擺手婉拒。

橫山君的眉頭一皺，開腔向總編提議：「要不要先回去休息，有案子才回——」

「在這裡。」總編輕咳兩聲，抽出懷中一份貌似被膠帶牢牢貼穩的棕色公文袋。

本來洋溢在空間的炊煙和笑聲消失得無影無蹤，他們屏息靜氣地坐在會議桌。還未吃完的生魚片飯被擱到一旁，所有人都等待總編發下那宗看似比起平日更要機密得多的案子內容，緊張中或多或少摻雜著好奇。

「這個案子暫時是高度機密，整個H城知情的人還不足二十人。」他們看著總編打開公文袋，將一張又一張文件貼上資料板，盡是密密麻麻的文字和圖表，愈看愈是覺得不對勁。

每個故事和新聞，都得有主角。可是平日貼上當事人照片的空間仍然留白。

「到底是什麼案子……」柳浩天耐不住心底的困惑，逕自向旁邊的陳方圓低喃道。

「一個月前，」總編就像聽到了她的催促而隨即開腔，解讀今次接下的案子：「Z國國內發現了一種前所未見的新型病毒，病例已達百宗，傳染性非常強。當中有約十分之一的患者在患病後兩星期內相繼逝世。」

陳方圓聽罷心中不禁暗忖，雖說在初來報到時就被告知過部門接下的都是舉足輕重、牽涉性命的案子，怎想到一星期不到，他們做的案件死的人卻好像一次比一次多。不過儘管如此，陳方圓還是未能肯定這跟他們到底有什麼關係，除非——

「昨天H城亦出現了第一宗病例。」

總編證實了他們心中懸疑未定的猜測，消息一出房間不禁傳出倒抽涼氣的聲音。

「暫時得知這件事的人員不多，但你們不用擔心，剛才上面已經有醫護人員替在場的知情人士進行檢查，未有發現陽性。」總編指住自己一張乾癟的臉，口罩掩蓋半張臉更難看清一個人的神情：「所以，我這副德性只是因為沒有睡覺，戴口罩是以防萬一而已。」

橫山君從座上站起來，走到資料板前摘下其中一份文件細看。手上的資料大多是醫療報告或病毒分析為主，由於時間倉促亦未有時間翻譯，只得橫山君一人有耐心解讀用英文撰寫的原文：「這裡說新病毒的癥狀和一般流感非常類似，患者會不停咳嗽、聲音嘶啞，不過傳染性極高，重症者甚至會心口絞痛至難以呼吸。」在座的他們都沒有醫學背景，但聽起來就知道這可是真的會取人性命的。

「傳染嗎……」秋熒咬咬牙，不確定應否說出腦海浮現的兩個字：「所以說……這是瘟疫？」

房間一片鴉雀無聲，只有總編走到會議桌中央，輕輕放下了一瓶便於攜裝的酒精搓手液。

「你們也小心一點。」他始終沒有回答。

詞彙是有年代性的。比如說徬門、國王、瘟疫、戰爭，這些年代久遠的詞，太遙遠會讓人覺得不可能真實。有些詞彙被認定只會出現在歷史書或小說電影，絕不會出現在和我們距離甚近的時事新聞當中。

直至它真的在我們所在的時代橫空出現。

和其他人一樣，陳方圓也是從一開始就注意到這次資料板上沒有任何關鍵人物的資料。他連同手上所知的情報推測：「我們是還未找出零號患者吧？」

「不，已經找到了。」總編很快就否定，這句對白的峰迴路轉使在場的作者都不禁豎起耳朵細聽：「是Z國來的『X官員』。」

答案是一個化名，而模糊其詞的原因清楚不過。

「除了X官員，H城也發現了四宗懷疑感染的個案，皆是本地人。」房間一片死寂，但總編顧不上氣氛緊接說出事態發展。

陳方圓眉頭一皺，馬上開腔：「那我們還不快點告訴大家——」

總編似是早有料到他會鼓譟一樣，伸手示意叫停了他：「要有故事，上面才可以公布。我們總不可能說，瘟疫是Z國的官員帶來。」

此時柳浩天看出了敘事上的矛盾，故意說出來讓大家注意：「慢著。如果疫情早在一個月前爆發，他作為Z國的高官，不可能不知道國內可能有傳染病。」

「他是希望來避疫。」橫山君亦留意到這一點。他拿著幾份文件推算，比對Z國和H城兩地發現首例個案的時間差：「怎料到自己早已染上了，是嗎？」

總編的眉頭不自覺挑了一挑，很快又被壓下去。他巧妙地避開了橫山君的提問，光以部門的工作而言，他們不需要知道官員更多的事：「總之，我們不知道也不可以透露X官員的身分。今天本地確診的四人沒有明顯關聯，因此專家相信已經有更多的傳播鏈在外，很快感染人數就會呈幾何級數增加。」他們要關注的，從來只有H城本身。

「現在除了我們和Z國以外，還有其他地方出現感染者嗎？」敏銳的橫山君不停用手指半敲半刮在會議桌上磨打，不安之餘不忘在腦海推演諸多可能性。

「已知的只有我們。」總編看穿了在他腦內的心思，栽贓嫁禍可算是最常見卻有用的老梗橋段，但遺憾地這次並沒有發展的空間。

秋熒苦笑挖苦橫山君的問題沒有意義：「別國有案例也不見得敢說，你以為只有H城有『部門』？」

「重點是，Z國爆發疫情這樣的大事，早晚會成為國際新聞。不由得我們捏造故事說是A國或B國而來吧？」在旁聽著的柳浩天一直苦思，搞不清楚他們幾個只會寫故事的人在這些國際大事上能有什麼影響力，上面到底想要部門為他們做些什麼。

「紙包不住火，疫情的新聞早晚都會傳過來。上面擔心如果市民知道第一宗竟是由Z國官員因避疫而帶來的話，怕會有聲音要求禁止Z國國民入境，甚至封鎖H城關口，到時很多金融企業都會受影響。」總編閉目深呼吸，像是要隔絕自己的思緒才繼續複述不屬於他的話語：「上面說，不能因為這樣讓H城和Z國斷交，要我們看著辦。」

橫山君在這裡待得最久。他經常覺得總編這份工作最難做的，就是要把最骯髒最醜陋、連他也無法說服自己的命令說出口。就像此刻。

移民政策導致H城房價飆漲，部分市民已歸咎是由Z國人民造成，加上這次事件人民的不滿勢必升溫。H城為了鞏固金融中心的地位，無所不用其極地以各種優惠外國人的政策吸納更多外資公司注資，包括放寬移民限制和極低稅率等等，近年最大的改變就是多了Z國人民遷移本地，而H城亦確實因此得到更優渥的經濟回報和國際地位。上面之所以會竭力維護與Z國的外交，就是不想失去這一切得來不易的發展。

只是在部分人，就如陳方圓眼中他根本毫不關心，這些亦不成理由：「如果傳染性真是這麼強，我們必須要及早公告消息，讓人戴口罩、避免到人流多的地方。不然疫情只會一發不可收拾——」

「不是不公布，」總編感覺到陳方圓滿腔的憤懣，盡量心平氣和地讓他明白工作的權宜：「上面是要我們想出一個完善的解決方案來公布。」

「你開玩笑吧？」陳方圓激動得拍案站立，攤開雙手高聲斥道：「現在說的可是會死人啊，還顧及你什麼外交家家酒？」

沒有人看過陳方圓如此生氣的模樣，一下子不知道該給什麼反應。沉寂來自於此，不是他們不懂陳方圓所說的話。事實上他所說的每一句話，他們都懂得不能再懂。

「你知道H城有多少人靠著Z國的生意來生活嗎？」總編永遠在這些關頭化解尷尬，無論何時都顯得不慍不火：「沒了Z國，死的人可能更多。病毒致命，經濟衰退也一樣致命，只是更緩慢、更隱秘、死的人更多。」

秋熒見氣氛僵持，走向站起來的陳方圓身邊，盡量輕描淡寫地拍他肩膀：「哎，早就跟你說了，我們沒有能力將壞事變好。部門的工作，只是將壞事變得沒那麼壞。」要是死了一個人，他們就讓他死得像英雄；要是註定要死一百萬人，他們就讓他只死個一萬人。

見陳方圓沒回話，他又補上一句：我們這樣，難道不是行好嗎？

「果然不應該來這裡，」陳方圓冷冷地撥開他的手，目光沒有對上在場任何人：「我們老是說『上面』『上面』的，自殺潮不能說、隨機殺人不能說、消防員犯錯也不能說，我們就用漂亮的故事包裝，讓這個爛得要命的社會扮作亮麗正常地運作下去——這樣的故事在體制下，不是淪為政治工具一途嗎？」

「這個世界沒有什麼不是政治的。」總編一直在資料板前抱胸，明知陳方圓沒有看他還是堅定不移地望著同樣站著的人：「你的《城堡》是政治的，浩天的《鞘舞江湖》是政治的，部門是政治的，生活是政治的，我是政治的，你也是政治的。」

自從晚上離開總編房間，陳方圓真的有把總編的話聽進耳內，並認真思索自己是否真的要為了將來可以反抗大原則，而在部門得過且過地靠寫字維生。可是來到今天的案件，陳方圓覺得他們所說的一切都是荒唐，他們所相信的一切都是荒唐。文學反映政治，文學記錄政治，文學影響政治——但文學本身並不應是政治的。

「我們愈是隱瞞多一分鐘，外面就可能多一個人染疫。這樣的殺人頻率也是小規矩嗎？」說到這句，陳方圓才突然發現他已經無法阻止自己不斷看鐘。讓他終於無法接受的是過去在部門所做的頂多停留在造假新聞、埋沒真相。造假新聞是曲解別人的死亡，這次他們卻是在切切實實地實行某人的死亡。人生在世或者每人都會行惡，陳方圓一生盡量循規蹈矩，也自知他或許是壞人，但他並不想殺人。

「你記不記得，」無論陳方圓有多激奮，在場的氣氛有多僵持，總編眉目間散發著一股中年人特有的穩重仍舊擅於平和地展開對話：「《一九八四》說群眾是什麼的？」總編剛才聞言，就知道他有把對話放在心中。

「什麼是什麼的？」陳方圓被問個措手不及。他雖熟讀各國文學經典，也未至於能對一切內容倒背如流，更何況是在這個神經繃緊的情緒影響之下他可能連作者是誰也答不上來。

總編送上答案的時候，泰然沉著得像早有料到會有這段對話一樣道出：「『群眾是軟弱又無能的生物，既不能正視真理，也不會珍惜自由。因此群眾必須被統治，也必須被強者欺騙。』」

聽罷陳方圓就記得這一段，但隨即他又想到極為強大的反駁理由：「你別鬧了，《一九八四》是反烏托邦小說，裡面的價值觀不都是荒謬至極，來讓讀者頓悟我們正不該這樣想嗎？」

「可是難道，你不認同嗎？」總編如數家珍般羅列出他們在部門見過的事：「我們胡謅曾又洋參加垂直馬拉松，他們就有人說和他一起跑過步；我們偽造群姊和財叔的愛情故事，他們才肯正視遊民的生活問題。你覺得如果我們如實報導，群眾不會因為恐懼而切割、排斥所有遊民嗎？這樣擁有了真相的社會是變得更好，還是更差？」

陳方圓緊抿著唇，他不想回答假設性的問題。事實就是無論是曾又洋的死，還是遊民的隨機被殺案都被埋葬了。他們無法把埋在地底的人喚醒過來，看他們要是過一遍別的人生會怎麼樣。

「真正的公平不是每人都一樣，而是每人都能獲得同等舒適的生活。」總編瞟了一眼會議桌上那碗被醬油浸泡的生魚片飯，淡然反問：「如果豢養的豬要吃豬糧，你硬要牠和你一起吃生魚片，這樣的豬真的快樂嗎？」

聽到這裡，陳方圓又再露出那種迷失的眼神。他人明明佇在原地，卻在自己之中迷失得找不到出路。「你還年輕。」總編認得這個眼神，不執著要二十多歲的陳方圓馬上就明白五十歲才懂的事。

「所以說，」陳方圓的語氣由銳利變成黏膩，他的思路還滯留在總編一開始對他灌輸的立場當中：「如果什麼都不可能擺脫政治，那橫山君的《不吃鳳梨就沒法推理》也是政治的嗎？秋熒的《情場迷路指南》也是政治嗎？」兩人聽到自己被點名也不禁會心而笑，橫山君只是聳聳肩，打開手提電腦逕自繼續搜索不知有沒有關係的資訊。

「當然。愛怎可能是不政治的，」秋熒選擇回答陳方圓，他豎起一根手指，字正詞嚴地告訴他：「連做愛也是很政治的。」

隨著話題冷卻，在場所有人都打開了自己的手提電腦不停搜尋新疫情相關資料。一來是他們沒有醫療背景，最了解的也只能算上有寫過驗屍情節的橫山君；二來是他們需要掌握現在有多少關於Z國疫情的資訊已被外流。在這個案子要關心的不能篡改的「點」，可是拓展到一整個國家。資料搜集的工作如此繁重，所有作者包括總編也在囫圇吞棗式閱覽資訊，只有陳方圓一人陷進懷疑很多「該」與「不該」之中。

在旁的柳浩天看不過眼，連午餐也未有空閒吃完的她趁在等文件檔下載，使勁挖苦著他：「陳方圓，你知道你每次講起什麼應該不應該的時候，都像你講文學的時候給人同一種感覺。」

陳方圓沒有直接開口問她，只是略帶好奇地回她一個眼神又再陷入苦思。他當然知道他們忙碌，可是在此刻他又確實無法說服自己下手去做一些他不確定是非的事，但同時，他又不知道什麼才是真正對的事。她刻意擺出一副浮誇又難看的表情，以誇張的語氣佯作見到外星人般震驚：「『這傢伙不用吃飯的嗎？』」

「你想說我草莓族嗎？」陳方圓好氣沒氣地望向戲劇性的柳浩天。儘管如此，他不會覺得別人取笑他的信念是什麼被冒犯的事。

「不是喔，」文件檔下載完畢，柳浩天指尖一彈又把心思放回螢幕之上，不自覺就想起了總編的話：「是你年輕吧。」

他當然不明所以，但同時也不去追問。他讀過俄國作家尤金的《我們》，讀過「沒有自由的幸福，或者沒有幸福的自由。非此即彼，沒有別的可能」，可是他現在選擇繼續盯住資料板上的內容目不轉睛地看，好像看久了，就能發現另一種以前沒人察覺的可能。

在旁的總編看在眼內，並在心中暗忖，也許陳方圓不是以前的他；又或許只有陳方圓是不政治的。

直到黃昏時分，大家才從各自的海量資訊中回過神來。柳浩天剛抽完一根菸，把燒到殆盡的菸蒂塞到已經快滿瀉的缸內：「Z國每個熱門的討論區我都看遍，暫時還沒有人討論關於疫情的事。所以我想，H城的人應該還不知道。」

「可是我剛才為Z國的感染數字列了一條算式，最壞打算不消一個月那邊的感染人數恐怕就會過萬；而在H城，如果我們一直不公開呼籲防疫措施，隨時升幅會比Z國更快。」橫山君取起一張手抄的草稿紙，上面的公式沒人看得懂。

「而且H城人更依賴網路，一旦有感染者或親屬懷疑這不是一般的傷風感冒，消息不用半天就會傳到整個H城都無人不曉。」秋熒這話表示他們的動作必須要快，要是真消息比他們的假故事更早傳出，那部門就得花費數百倍的努力才能修飾故事，甚至對此無能為力。他們正是通曉網路的力量，所以才會成立部門，借助群眾輕易取信後，還愛加油添醋的傳播力去傳開那些被名為新聞的故事。

總編在旁點頭，伸手拿起白板筆在資料板上圈起一點：「所以病毒由Z國起始，這一個『點』不能動。」

橫山君將手提電腦的螢幕轉向大家，因知道他正要提出一個大膽的假設而特別小心地觀察著眾人的神色：「我剛才比對過Z國和H城的官方網站，光以公開的日程而言，兩地的往來的確非常緊密。如果不能說是Z國官員傳過來的，倒不如說，是由我們的人把病毒帶回來的吧？」

病毒總要有個源頭，而伏筆得早在結局前的很多很多章，甚至在故事一開頭就埋下。

「說是去了Z國的H城人，不慎把病毒帶回來嗎……」柳浩天把雙腿蹺在會議桌上，在滾輪椅上左搖右轉。

總編接住了橫山君的建議，順著推想：「這樣，他們記恨的對象就會變成我們自己的人，而不是Z國了。」

「要找誰做替死鬼啊？」柳浩天頓時止住轉椅，挑起一道眉。今天已知的本地患者有四名，她的言下之意是該怎樣判斷誰去成為故事的「主角」。

「不需要。」表情從一開始就沒放鬆過的陳方圓忽然吭聲，厲眼看著他們：

「草船借箭，用的也不是真實的士兵吧。」這些患者都是被自私來避疫的X官員所傳染的，他們都是受害者，陳方圓的良知不允許他們再背上不該有的罪名。

「你的意思是，我們虛構一個零號患者？」柳浩天反問道貌岸然的陳方圓。最真實的謊言必須摻和部分的真相，虛構的成分愈高，被識破的機會就愈大。

陳方圓理所當然地堅持：「反正太詳細的個人資料也不會公開。」

在旁的秋熒指出使人憂心的因素：「始終是零號個案，傳媒需要一個故事。我們總不能就這樣胡謅一個不存在的人名，說他無故到了Z國就把病毒帶回來，整件事太可疑了。網民的人肉搜索可不是開玩笑。被揭發整件事是偽造的就麻煩，上面也不能自圓其說。」

「伏筆得在很久之前就埋下。突如其來才推一個人出來說是兇手，是違反了推理十誡。」橫山君抬著眼鏡，輕輕搖頭。

「那我們現在開始埋吧。」總編像是下了決定一般宣布：「一個謊言掩蓋另一個謊言，最好的方法，就是用一宗假新聞，支撐另一宗假新聞。」眾人聽得出，這話代表總編支持陳方圓使用「稻草人」來扮成零號患者的說法。即使這樣意味著他們要圓謊的功夫就會多上很多倍。

總編看穿他們三人寫在臉上的難色，可是他已決定偏袒陳方圓的說法，只得催促他們趕快開始籌組故事的工作：「我們需要一個冠冕堂皇的理由把這人送去Z國。」

就連一貫積極的橫山君也遲疑片刻才答覆總編：「那……要多冠冕堂皇？」他訥訥地道，不確定總編所指的是什麼，也不肯定他們能否完成。

「要堂皇得讓H城的人舉手支持、夾道歡迎他去Z國。」總編言之鑿鑿地說，柳浩天險些就以為總編是在開玩笑而要噗哧一聲笑出來，可是當她發現總編認真得一動不動的眉目，才知道原來他是認真的。

「這樣的話，即使他染疫回來，大家也不會記恨得要人肉搜索他。」總編提出這樣雖然兵行險著，但反而可能會省卻不少後續的麻煩：「儘管人懦弱又無能，但人始終是人，是情感動物。要操縱群眾的輿論，第一步就要操縱他們的情感。」之所以網路會流行一大堆「背後故事令人暖心」云云的標題，技倆其實如出一轍：要讓他們的感性氾濫成災，氾濫得夠厲害就足以掩蓋理智。聽到這一點，陳方圓又不能苟同地皺起眉來，可是在這節骨眼上他知道自己已不能夠再說什麼。

「我們設法引起他們的惻隱之心，怎麼樣？」說要在故事中引起情感共鳴，秋熒自覺那可是他的強項：「不是說新病毒的癥狀和流感類似嗎？我們可以利用這點，說Z國醫院因為流感季節，醫療系統承受龐大壓力，H城有醫護系學生自告奮勇幫忙？」

「這麼天真啊？」柳浩天不屑地笑了一聲，一下就戳破了秋熒對現況過度樂觀的泡沫：「以前或許還可以利用一下群眾的同情心，可是現在社會已經有聲音責怪Z國讓房價飆升，又搶走工作機會。你還不懂嗎，H城人還是向錢看。」

秋熒儘管心裡知道此言不虛，想法被一下駁回的他還是覺得不忿，賭氣般道：「那要不要反過來說，讓Z國送錢給我們花才能讓H城人滿意？」

「這個，可能行得通。」橫山君一個拳頭擊落桌面，害得滿瀉的菸灰缸一下掉到周圍都是灰：「我們就說Z國企業高薪聘請H城畢業生過去工作，為H城提供更多工作機會，促進兩地人材交流。」橫山君嘴上一邊說，一邊在手提電腦確認資訊無誤：「時間剛好——我就記得現在臨近大學畢業季。H城的世道還沒有改善的跡象，估計很快又會一片怨聲載道。這樣的新聞應該會讓很多待業的畢業生有了希望，甚至一改Z國只會搶我們飯碗的負面觀感。」

總編的老練使他可以在彈指之間就由空想化成手段，部門的作家們也從他身上學到不少，故事就此應運而生：「我們可以做篇訪問，宣傳有多名H城大學生成功在Z國找到管理層工作，待遇優渥，標榜說Z國對H城的學歷有多看重。」

「慢、慢著，」陳方圓幾乎不能相信傳入耳中的對話：「這樣不會有更多人主動去Z國尋找工作機會嗎？」他還生怕自己誤會了什麼。

「會啊，」他想不到總編會應允得如此爽快，甚至在轉瞬間已經把計劃展望得那麼長遠：「大概過一兩星期，我們就能配合Z國一起發布不幸發現疫情的消息。到時上面只要公布是一名往返Z國通勤的H城人不幸染疫，回家時帶來了病毒。網民就算想要搜尋也無從入手，更不會有人去考究最開始說Z國有工作機會的那名年輕人存不存在。」總編的語氣就像述說預言，好像從他沉實而確定的口中說出就一定會成真一樣。

不管總編有多言之鑿鑿，陳方圓還是一如既往般難被說服：「可是這樣不就會讓更多人在Z國染疫嗎？我們該做的應該是封掉關口，阻止病毒繼續在兩國之間傳播。而不是反過來叫更多人去——」

「疫情爆發是一定會發生的事。」總編這次沒待他說完就冷冰冰地叫停了他：「我們不是醫師，即使是上面那群醫療專家，也不是彈個響指就能讓一發不可收拾的病毒消失。即使我們現在上街大聲疾呼要求封閉關口，H城的人也只會當我們神經病。」

「我們無法阻止疫情，我們只可以引導社會如何看待疫情。」總編幽幽地說，社會的人各司其職，外面有醫生、有記者、有政客，治病是醫生的工作、傳播消息是記者的工作，而他們得認清，寫好故事才是作家一直以來的工作。

「即使無法阻止，也不是反其道而行——」陳方圓一時語塞，他覺得眼前將要發生的事即使是在小說中還是太荒謬，這班人竟然還真的打算實行。

總編一直仔細留意著陳方圓，激動的話說完，知道他一時之間未能接受便轉為出言安慰：「你必須知道，我們無論說什麼，關口也不會封閉，所差者只是民眾的觀感。這一兩星期間多了一百幾十人因為我們的故事染疫，也至少可保住與Z國的外交。一旦Z國以後拒絕支援我們，因經濟崩盤而死的人倒不止這個人數。到時走上金融中心跳樓的，就不只曾又洋一個。」他嘗試用理性的數字來說服他，他們所做的事並不是無法理解：「我們不能把零號的責任推到一個無辜的人之上，換來就是得延遲公布疫情。」他見陳方圓一臉不忿，故意再問他：「還是你想要我們嫁禍一個無辜的染疫者？」

橫山君不忍看下去，這時也插嘴，希望能夠說服陳方圓：「其實這樣Z國就欠了H城一個人情。人情永遠是最貴的。H城因為這次包庇了X官員，就等同抽到了一張沒有限額的信用卡，可以對Z國予取予求。」總編總是教他們寫小說也好，寫假新聞也好，作者一定要比讀者想得更長遠。小說寫一年發生的故事，讀者就會聯想到十年後的事，所以作者就得先想到一百年後的事，這樣的故事才能說得上是沒有破綻。

總編沒有再浪費時間，隨即就將資料板翻轉，在空白的畫板上一邊理出時間線，一邊安排工作：「如果今天之內可以刊出那篇年輕人成功在Z國找到高薪厚職的訪問，最好寫得有多勵志就多勵志、夢想起飛之類，我們鋪陳的時間就會充裕得多。秋熒你可以主導這個部分吧？」

被點名的秋熒頃刻坐直了身子，一邊點頭應允，腦袋已在另一邊開始構思情節：「那……我這些『伏筆』也要交給上面核准嗎？」

總編搖搖頭，轉身就從部門靠牆的其中書架角落處，取下一本厚厚的本子。他輕拍上面的灰塵，似乎已經很多年沒有碰過：「以前將『故事』發送至各大報社的工作都是在這裡做的，只是上面後來為了減輕部門的工作量，就將發送消息的工作移至上面。可是現在疫情開始爆發，上面的人好一段時間都不會回來工作，而且時間緊迫，他們也寧可花時間討論疫情公布後的種種應對。他們特准疫情期間由我直接批核，根據這本聯絡簿聯繫報社的接頭人，由我們將消息直接告知他們就可以。」

說罷，總編就把厚重的聯繫本子放在會議桌中央。「秋熒你寫好後，得給時間讓這段新聞發酵一下，差不多醞釀夠大批年輕人都想到Z國尋求發展機會的假象之後，浩天你負責觀察兩地的討論區，確保沒有突發的消息洩漏。我預想再過一個半星期左右，我會和上面溝通，看看如何讓Z國配合我們一起公布發現疫情，橫山君現在可以先……」

總編像管弦樂團一樣指揮著不同的組成部分，聽眾驟耳一聽只會覺得這是一場演奏，不會細分小號吹了什麼，大提琴又拉了什麼。在陳方圓耳中，這一幕才沒那麼優美。這裡掉落的每一顆音符，都是人工合成的電子音，禮臺上的琴手惺惺作態地裝模作樣。突然有種平行時間的錯異感往他襲來，他錯眼以為自己又回到了那間充斥著霉酸味的達西餐廳，被叮叮鏘鏘的觥籌交錯所包圍，資本的密度把他看待成不合群的粒子，讓他被重重包圍的同時又排斥其外。他認清自己不屬於達西餐廳，同樣不屬於部門。在他黯然轉身之際，只有總編逮住這個決意消失的身影。

「你要離開嗎？」他淡如止水的言談之間沒有挽留，也沒有苛責，就似單純想要得到答案一樣純粹。

「政治太醜惡。」陳方圓始終沒有轉過身。他沒看到總編的神色，只是隱約聽見背後傳來一聲意義不明的輕笑，雲淡風輕地補上一句：「我們誰不一樣。」

陳方圓選擇在這刻轉身，直視總編來回答：「我希望我不是。」留下這句，他才堅定地踏出部門，並在心中發誓永遠不要再回來。

「『如果你與眾不同，你就一定會孤獨。』」

在陳方圓關上門的一剎，總編在他背後誦出《美麗新世界》的一句，門才悄然關上。

不得不承認，陳方圓在離開了部門的房間，隻身浸沉在灰沉沉的走廊之中，地下一層沒有陽光直照，隔音牆又阻截了鍵盤堆砌故事的碎碎唸，他背向部門，在狹長的走廊感受幽冷又一片死寂的空氣，反而更自在。

「方圓——」

陳方圓從剛才轉身離開，就隱約覺得他會從後追來。他在心裡暗自祈求那人千萬不要以為他像那些浪漫劇的女主角，裝腔作勢的離場但其實心裡很想有人追。想到這裡，三步併兩步的腳步聲化成搭在他肩膀上的實質重量。陳方圓不是太願意回頭，因為場面實在太尷尬。

「方圓等等，」秋熒一臉憂心地跑過來，使得陳方圓更怕他在心裡以為自己在耍彆扭：「我知道這次總編選的定案或許不是你想要的，不過我們每人也會輪流主導故事，下次——」

「不會有下次了。」他故意說得斬釘截鐵，不讓他們存有任何覺得他猶豫不決的空間。出其不意的是執意追出來的秋熒好像一看就懂他的意思，無奈地聳肩苦笑：「你還是覺得，部門在騙人是不對的。」

「沒有，」陳方圓搖頭。他希望離開，但不希望被誤解離開的原因：「我只是覺得群眾或者蠢，也應享有知情權。蠢不蠢，不是由我們說了算的。我寧願回到外面當一個一無所知的蠢人，也不想當一個用智慧來作惡的壞人。」

秋熒雖在頷首，卻不待對話沉靜半分又開腔：「你知道嗎，我寫小說的這些年頭發現一件以前不曾察覺的事。」

陳方圓去意已決，但秋熒這個楔子卻成功把陳方圓吸引得咬下魚鉤，止步原地聽下去。

秋熒豎起一根指頭，說得頭頭是道：「**故事裡並不一定要有壞人。**」

篡改新聞、欺騙公眾的作者是壞人；關懷遊民、守護一個父親英雄形象的作者是好人。那如果一個作者把以上的事都做了，他到底是好人還是壞人，也不需要答案。

「但現實總會有壞人，」陳方圓鍾愛故事，並不代表沉溺其中，分不清虛實：「世界很大，H城也不是一個由我們說了算的故事背景。」

「也許，壞的並不是人，而是不壞就無法生存的環境。」秋熒逕自比他走前兩步，停到電梯門前數步之遙，一手按在牆上，好像生怕陳方圓下一秒就要逃走：「你還記得你來部門的第一天，我跟你說過這裡為什麼會有座閘門嗎？」

「記得。」陳方圓並不打算粗魯地越過他，反而雙手插起口袋，一副悠然地抬頭打量走廊的上方：「關乎戰爭，都已經是好久之前的事了。」

「我倒不是這樣想。」秋熒剛好站在倚牆收起的閘門前，一不經意就目露颼颼的凶光：「戰爭中敵軍可以被擊敗，然而人的惡意永遠不會退減，所以我們才要守衛部門，多年過後，我們還是得要保護現在的『廣播系統』。」他一邊輕撫長滿鐵鏽的閘門，就像歷史真的賦予它某種魔力，多年在守護他們似的。

陳方圓把鐵閘看了最後一眼，覺得自己終究還是無法參透這裡的意義。當敵軍來襲，他會選擇留在地底，把自己和廣播系統一同反鎖在內，向群眾渲染參戰的偉大，把士氣無中生有；還是應該離開地底，光明正大地在地面嘗試擊潰根本無法擊倒的敵方？

他不知道，有形的戰爭離這個時代太遠，害得活在這個時代的人都不知道要怎樣去打無形的種種硬仗。

＊＊＊

在之後的日子，陳方圓理所當然沒有再回去部門上班。他把手機關掉，天知道總編或房東有沒有找過他。他反鎖自己在公寓的小套房中，從他離開部門應該過了四天，也有可能是五天，小套房只有一扇窗，一拉上窗簾和遮光布就仿如可以免卻時間的沖刷，獨善其身般生成一套獨立的生理時鐘運行，或不運行。他唯一堅持每天打開電視機看新聞，日復一日，疫情兩字仍未曾再出現，像夢魘一樣只存在陳方圓一人的腦海中纏擾不散。

陳方圓當然自知不能永遠這樣消沉下去，懊惱的是他知道反正不到兩星期疫情公布後，餐廳都會相繼休業，他即使回去達西餐廳當侍者，做不了一個星期還是會失業。一想到這般折騰他就提不起勁去做什麼事。在閉關的日子，他沒日沒夜地讀了無數遍《馬克白》，一名驍勇善戰的將軍因一個預言而毀掉一切的故事。陳方圓自覺可以明瞭預言家的痛苦，原來到了某個微妙的臨界點，世上最不相干、最為極端的兩樣事物都可以有著瘋狂的類似。就像這個乾糧終於耗盡的正午，陳方圓頓悟到一個得知末日的預言家，原來和一個等待行刑的死囚無異。

飽受等待末日到來的煎熬，乾糧耗光後他真的有打算把自己活活餓死，可是原來這並不容易。他衰弱的精神很快就抵受不住飢腸轆轆而決定出門，他羞愧地換上衣服，在布滿灰塵的連身鏡前哄騙自己，或者換個舒服點的死法。他在出門還看了一遍新聞重播，失望又焦急地確認疫情的消息還未發布後，他從電視機後堆積成山的口罩堆中揪了一個出來，讓聞起來挺衛生的織布味占據鼻腔。

一打開家門前的鐵閘，一直塞在兩者之間的信件堆隨之瀉下。這大概將陳方圓悶在家中的時間一下具體化。他沒打算彎身去撿拾信件，因為他怕病毒會沾在信封之上。他用鞋尖踢開了放在最上面幾封追討水電瓦斯費用的信件，約略瞟到一封印有文學雜誌公司商標的信封，抬頭寫有陳方圓的名字，大概是續訂通知吧。但現在陳方圓滿腦子想著的就只有外出買乾糧，不用餓死渡過明天、後天、大後天。

他戴上大街小巷都沒有人在戴的口罩，總覺得別人看他的神色有異。這不是他第一次覺得自己是塊出廠製作錯誤的拼圖，他整輩子都努力企圖嵌入這個自以為正常的世界當中，漸漸發現原來自己根本不屬於這裡，也不屬於任何哪裡。一個人被排斥，不一定因為存在惡意。

陳方圓不想走太遠，連日的慵懶使他走不了兩步就異常疲憊。目的地只是位於市鎮中心的小型超市，他卻因為覺得空氣間都洋溢著細菌而渾身不自在。他在亂中有序的貨品通道間側身穿梭，一心只想採購完必要的物資就離開，最好買夠一年、甚至兩年。他已有心理準備，一個人在小套房絕不出門，直至疫情完結就夠安全了。他在網上搜尋過，一個人一年大概要吃二百四十斤米，屈指一算，兩年的話就得要四百八十斤。他蹲在放白米的貨架前，發現每包袋裝米原來只有四到五斤，要買下兩年分量的話清空眼前整個貨架都不夠。雖然超市可以提供送貨服務，可是他轉念一想，如果自己囤積居奇，到下星期疫情公布後，供貨恢復不來，住在這區的其他人不就買不了嗎？他環顧超市四周，顧客都是打扮隨意的街坊，老人或帶著年幼子女的婦女，陳方圓在鋼製的貨架層架上瞥見自己反射出來的臉，被口罩掩住只瑟縮剩半張——一個男人跟老弱婦孺搶物資怎樣都說不過去。不過多想一層，他會戴口罩也是因為在部門預知了公眾不應得知的消息。按公平的話，他應該跟店內的街坊一樣，口沒遮攔地跟碰見的鄰居交頭接耳說是道非。

最後他沒有排到安排送貨的收銀櫃檯，只提著一包搬得動的白米，還有大約一個月分量左右的罐頭食物回家。當然，他不敢脫下口罩。

估算錯誤的是，一包米和一大袋罐頭食物的重量原來也不容小覷。陳方圓心想回家不過十來分鐘路程，提著重物的他加上口罩阻礙呼吸，還未離開超市一條街就不得不在公園停下來稍作歇息。他挑了公園旁一個遠離人群的石壆，迫不及待放下食物，雙手手掌都被碾壓出了一道深深的紅痕，他不停把掌心放在大腿上摩挲，痛楚好像隨之舒減了一點。

陳方圓定眼，無故被球場正中央的一桿燈柱吸住。他一時忘記自己戴上了口罩，忘記自己正在提著一整個月的救命食糧回家路上。圍住這個公園的鐵網如此方正，被劃分出來的時空中一切如此平淡日常。球場上的人互罵髒話，放在場邊的蒸餾水罐罐一個樣，他們看也不看隨手就拿起，對準嘴唇交換了整隊人的唾液；樹蔭下瑟縮一角的男女挑了一張長椅纏綿，旁若無人，一根舌頭潛入另一個不屬於她的口腔之中，像夢囈般反覆吞吐；剛學會走路的小孩隨意嬉鬧，他們輪流在遊戲架上趴下，臉頰貼著溜滑梯，扮成一架只會向下飛的滑翔機。公園這個還沒被疫情所渲染的美好時空，琴瑟和諧得理想到可以拍成宣傳短片，遊說外國人H城確實宜居。

陳方圓想阻止，他有衝動就在石壆起身叫停這一切——

當然他有想過要公開一切毀掉部門，不顧一切將疫情公布讓整個H城提高戒備。可是他自知人微言輕，說出來也只會迅雷不及掩耳地被部門捏造出來的新故事蓋過。他能夠預想，自己多半會被誣衊為精神病患，深受被害妄想症困擾才會胡言亂語。民眾很快會把他的諫言當成是茶餘飯後的笑話，沒有人願意相信一個存在感都匱乏的人，更沒有人願意相信一旦成真將牽連甚廣的壞消息。

民眾就是如此膚淺又簡單的受眾，有時想到這裡，陳方圓也怪不得部門要篡改新聞來操縱人群所趨的風向。猶如那道生鏽閘門守護一個世紀的使命，這份力量太大，必須落在正確的人手上。

他默默重新坐下，他被大米和午餐肉壓垮的腿還沒恢復過來。

就在他放眼望向公園的鐵網之外，隔條街上竟然還有另一個戴上口罩的人。他倆很可能是整個區內唯二作這副裝束的人，潛意識很快就使他們的目光對上眼，直至陳方圓發現那人好像有意識般朝他愈走愈近，慌裡慌張的他才認出這半張臉。

「橫山君？你為什麼會在這裡？」陳方圓不敢相信，人臉被蓋住一半之後真的可以完全失去熟悉感：「今天可是平日，部門不用工作嗎？」他還繼續為眼前這副陌生的長相所困惑，要是人對人的面孔只存在稀薄至此的印象，那萬一我們遭遇什麼，又是憑什麼來指認曾經親近的人。他想原來人連自身的記憶也不可信，新聞不可信已不是什麼稀奇事。

橫山君朝他揮手，只露出一雙疲累的笑眼。他在陳方圓身邊甫坐下，看了對方一眼又識趣地移開，確保戴牢口罩的兩人仍然相隔於飛沫傳播的距離之外。

「我們已經編排好要發放的故事，估計在下星期初就會緊隨Z國其後，發布本地亦相繼爆發疫情的新聞。」橫山君毫不忌諱就跟陳方圓和盤托出部門的工作進度，仿彿他還是部門的一分子。構思故事大綱的工程完成後，他們要做的大多都是觀察網上反應，在必要時發放新的故事來操縱評論風向。這幾天他們都沒有再回去部門，只在自己的家裡用網路工作和溝通。

「總編叫我們沒什麼事不要外出，性命攸關，不過我就想出來走走。」橫山君在日光之下伸個懶腰，順勢活動一下腰肢。他吐吐舌頭，不怕被陳方圓知道他蹺班出來散步：「四處走走、觀察每一個人，本來就是作家的工作吧。」

陳方圓沒有辦法理解為何同樣知情的他能夠如此舒坦：「我才不想外出，一想起病毒的傳染率這麼高，我們卻對它一無所知。要不是為了買東西，我才不願意出門。」

「但你還是停了下來。」橫山君往球場方向抬抬下巴，就像他早就知道陳方圓在這裡待了多久。他本想辯稱自己買了超級重的乾糧，迫不得已才停在這裡歇息。可是橫山君不待他回話，逕自又說出了一句話：「『要熟悉一座城市，也許最簡單的途徑是了解生活在其中的人們如何工作，如何相愛和死亡。』」

「你有讀過《鼠疫》？」陳方圓大為驚喜，什麼駁斥都拋諸腦後。他沒想過這句經典的句子會自推理作家橫山君口中吐出。

「上次，你在遊民一案的時候不是談起過卡繆嗎，」橫山君往上面的藍天抬頭，不知道要在多高的空氣中才不會有病毒飄浮：「總編經常跟我們三個人說，要跟你學習，我才去買了一本來看。」

陳方圓險些就要追問總編是不是真的如此說過，可是瞬即他就意識到自己已經堅決離開部門。無論總編本人的成就有多值得他敬佩，無論部門造假新聞背後有多冠冕堂皇的理由，為了暢銷只寫吸引眼球、譁眾取寵的小說，跟為了維穩而編造可歌可泣的故事偽裝成新聞，兩者骨子裡狼狽為奸。陳方圓沒有辦法去騙人，更沒有辦法騙自己這一切都是沒問題的。

「對了，你考慮得怎樣？」橫山君話鋒一轉，沒頭沒尾的讓陳方圓聽得不是很確定。

「你指回去『部門』？我不……」他潛意識認為他們肯定很想自己回去，甚至今天和橫山君「偶遇」，也是他們想來說服自己的手段之一。作家總是深謀遠慮。

「我不是說部門，」誰知橫山君一口就乾脆地否認，讓陳方圓吃了一記悶棍：「你在離開後，總編推薦了你去一家文學雜誌當編輯，他們說已經把聘書直接寄給你了，你有在考慮嗎？」

喔。陳方圓恍然大悟，那個卡在他家門和鐵閘中間、被一堆生活雜事所埋沒的文學雜誌信封。

換成是在達西餐廳工作時的自己，獲得這種機會簡直是他夢寐以求的夢想，可是現在時候已經不同，而他無法說改變了他的是部門還是疫情，還是在身邊不動聲色的事物。如果文學的意義是為了保存真相，或是為了讓人能自由呼吸；那在隨時都沒有明天、隨時都沒有呼吸的末日裡頭，文學又還有什麼用？

「因為愛需要有一點未來，而我們卻只剩下片刻」。

陳方圓無法解答自己。

「我要回去了，今天很高興見到你。」陳方圓咬緊牙關，指使雙手重新提起購物袋。他思索片刻，趁自己後悔之前隨口拋下一句客套話：「幫我問候一下大家。」

「總編的作品好像快寫完了，」橫山君仍然坐在原位，完全漠視陳方圓的告辭而另闢話題，就似有十足的把握這個話題會使他留下來：「《向光說》。」這三個字一出，陳方圓的後背的確不自覺打了一個哆嗦。

橫山君說最近總編在家工作，多撥了時間寫作。橫山君前天致電問候，總編說之前好一段時間也無法下筆，唯獨最近一兩星期思如泉湧，只差結局就完稿。

「或許是你來了的關係吧。」橫山君故意望向陳方圓，好讓自己可以仔細留意他臉上的變化：「總而言之，總編已經準備和出版商洽談，想在年底推出這本小說。他還在想，應該需要人手幫忙校對。」

「是嘛。」陳方圓當然聽得出言下之意，他讓自己後退一步，冷冷為對話作結：「替我恭喜他，出版後我會去拜讀。」

橫山君早有料到陳方圓不會爽快答應。他會來到這個自己根據陳方圓以往跟他們分享過常去的小店、和他常搭的公車線得出的地方，只是想為總編碰碰運氣。總編和陳方圓的類似只有他們旁人能看見，然而他們的不同卻只有自知。就算嫌隙，也算是緣分至深。

無法強人所難的橫山君捶著胸口，輕輕說了一句「交給我吧」之後，沒想過自己將永遠失約，沒法達成這個舉手之勞。

真人真事改編部

Department of Based on True Stories

第六章

《紅樓夢》

清晨五點接到陌生號碼來電，正常人都不會接聽。疫情公布後全城人心惶惶，官方同時發布宵禁令，限制市民如非必要切勿外出。因日夜顛倒而接下電話的陳方圓沒想過，自己居然會在疫情戒嚴下冒險溜出門，還要回到這個一個月前信誓旦旦說自己不會再臨的地方。

陳方圓對於大樓的印象還停留在白天極富時代感，擔任官職的菁英在門前絡繹不絕的光景。疫情下大多餐廳小店被迫停業，公私營機構等安排職員改為在家工作，維持最低限度服務，陳方圓從沒見過這裡凋零至此，目之所及一切都隨著城市而死去。他本來還懷疑自己該如何進去，在決定打電話讓人來接他進門之前，他慣性拿起工作證隨手放在感應器上一掃，隨即亮起綠燈，大門的自動開關系統從沉睡般被喚醒一樣冉冉打開。他難以置信地再一次踏足門前那片磁磚，才驚覺原來自己的工作證一直沒被註銷。

這是看準我一定會再回來嗎？他不忿地想，隨後又搖頭，苦澀又意味深長地一笑踏進電梯。他知道自己由涉足大樓一刻起就在故意拖慢腳步，把走廊這段二百米不到的路盡量拉長。儘管在趕來的路途上已預想過無數次，陳方圓沒想過，原來推開這扇門還需要點勇氣。

熟悉的煙霧紛至沓來，散去之際他第一眼就望向資料板的方向，和往日接到案子一樣已經貼上各種資料。直到此刻，他還是不覺得事情有變實在了一點。

「什麼時候的事？」招呼也不打的陳方圓只得問些無關痛癢的問題。

「兩三個小時前。」脫下眼鏡在搓揉眼睛的橫山君答道。如果可以，他們都寧願永遠盤踞在這些無意義的對話之中。

「死因？」陳方圓盡量平靜地吐出這兩個字，同時終於鼓起勇氣打量闊別的夥伴。

對陳方圓來說，算上自己，部門仍舊有五個人。只是其中一人被貼在資料板上。

柳浩天伏在會議桌上身體微微顫抖，一直沒抬高過頭；秋熒一直倚在牆邊抽菸，只在陳方圓進門時雙眼通紅地和他揮了一下手，然後又重新陷進雲霧之中。

「入屋行搶，失血過多當場不治。」橫山君重新戴上眼鏡，魂魄卻仍然像飄到遠方無法撿拾，但他已經是場內唯一一個能夠榨取僅餘的理智回答提問的人。

陳方圓擺出不為所動的模樣，事實是他從接到橫山君來電的一刻，內心就像掀動了一場八級地震久久沒平息，他盡力抑制情緒——或許事出突然，真正的情緒還沒來得及湧現。

「入屋行搶？在H城？」陳方圓頓時又再覺得此事不真實，忙不迭指出疑點：「現在可是有宵禁，即使對方明知屋內有人還故意去打劫？」在這些特殊的日子，你會設想所有人都會留在家中用盡一切方法避疫，不論好人壞人。他沒說出口的是，心底還有一絲希望這個消息純屬誤傳。

橫山君聳肩，摻雜一個複雜的笑容：「但有些人就是連家都沒有，走投無路，你永遠不知道人在絕望時會做些什麼。」

「你是說，」陳方圓挑眉，不帶確定的語氣：「遊民？」不待任何人回答，他已逕自湊近資料板，一眼就認出雷同：「這不是上次群姊他們被殺那個公園附近嗎？」他指頭放在地圖上被標示的一點，不知不覺間留下了深深的刮痕。

陳方圓還在部門工作的時候，上面曾經發下一宗隨機殺人案，由於被害者和兇手都是遊民，他們將新聞改寫成遊民階層的情殺故事。既讓公眾免於「隨機殺人」的恐慌，表現他們的情感故事亦剛好配合上面促進社會共融的方案。當時總編親自批示這個發展方向，即使真相是在殺人的遊民身上找到毒品，為了圓滿情殺案的焦點，此部分在故事中被刪除。

當時故事一出，明明是謀殺案，但一如所料社會輿論紛紛傾向同情遊民，於部門而言改編這宗個案的成效非常理想；意想不到的只是，事隔數月同一張地圖又重新被掛上資料板。

因為這一點，橫山君一直無法停止責怪自己為何會忽略總編在處理遊民在公園被殺一案的時候，露出了不妥的神色。

「他從來不透露自己的私事，我們不可能知道他住在那區。」秋熒見狀也從一角加入對話，當時是他負責主導遊民隨機殺人一案的故事。

「但我可是推理作家啊，」橫山君不禁荒唐地失笑起來：「我應該要知道的。我不也是推理出陳方圓的家嗎……」他又在反覆的內疚中喃喃自語，只有在旁聽著的陳方圓在口罩之上露出詫異的眼神。也是的，他怎可能會順道又剛好散步到他住家的附近。

世間如果沒有這麼多巧合，就不會有那麼多不幸。

「如果我們知道總編住在附近，當時至少可以用故事迫使執法部門做些事……除了遊民聚居，那區的毒販日益猖獗，疫情前就有很多街坊說街上大白天都會碰到癮君子。」橫山君始終不肯放過自己似的，不停唸唸有詞地說要是有加強巡邏什麼也好，或者兇手就不會捨易取難。

「我不想這樣說，」對於此事，陳方圓心底自有別的想法，本來打算抑制下來的誠實被橫山君錯置的愧疚激發得不吐不快：「但當時我們只要如實報導，說該區有吸毒的遊民在街上隨機殺人，市民就會施壓，上面就不得不認真去解決問題。如果當時他們肯做點什麼去安置遊民，開始阻截毒品交易，就不會發生今天的事。」

眾人沒有料到會在這個關頭聽見這種話，他們認識陳方圓，他的誠實一向帶刺。儘管上次陳方圓正是因為無法再認同部門造假新聞而毅然離開。由始至終，他想寫的故事也不是部門的「故事」。

「我覺得，他說得有道理。」柳浩天從雙臂間抬起頭來，聲音嘶啞地應和陳方圓：「要不是那次我們明知當區有問題還捏造故事掩飾，該區的癮君子就不會愈發猖狂。他們在街上隨機殺人，我們不理；現在就到闖入民居殺人。」甚至，是他們身邊的人。

「我記得，當天是總編叫我不要在故事中提及毒品的事。」秋熒苦笑搖起頭來，望向資料板上的總編露出平日永遠不會在他們面前露出的燦爛笑容：「很諷刺吧。」

「他一向把部門的故事看待得比所有事情要重。」橫山君也沒有否認，像是要提醒自己一樣反覆說著：「部門是他的一切。」

陳方圓最想不明白的是，「總編」不過是一份工作。堂堂三料文學獎得主，為什麼要如此重視一個造假新聞維穩的部門？他心底知道這種想法是不敬，可是一個騙子終究死於自己編造的謊言，也算是某種陰差陽錯的因果。

空間因為陳方圓提出的話而又陷入一片死寂，他這才發現今天他們都顧著悼念，菸灰缸比起平日要空虛得多。

「那、那兇手現在在哪？」陳方圓轉身再次盯住資料板，卻找來找去也發現不了相關資訊。

「沒有捉到。」橫山君在旁邊攤開雙手，眉頭深鎖的樣子有一剎那讓陳方圓錯認他就是那個平日會站在這裡的男人。橫山君是部門年資最久的作家，上面一得悉總編遇害，第一個通知的人就是他。

「鄰居回家時迎面見到行兇者從總編的房間內逃出，指認是衣衫襤褸的遊民，渾身是血地逃走。」他複述著目擊者的證詞，還有事後到場搜證的發現：「大門有被強行撬開的痕跡，屋內值錢的東西都被搜刮一空。」

「所以，這個案子不是因為總編遇害而發下來通知我們，」陳方圓體內的神經無法阻止他反射性用不屑的冷笑來回應：「而是上面要部門改寫這個新聞？」

橫山君點頭得略帶為難：「我也只是被通知，不能讓市民知道入屋行搶的事，不然就沒有人會聽從防疫部門的禁足令……」明明只是複述上面跟他在電話說的話，就像總編平日每天做的一樣，可是今天橫山君才親身體驗到原來站在這個位置比他想像中還要難得多。

他把自己想像成一條導管，有人往他灌入骯髒的話語，潺潺流過他的軀體，他只不過把汙濁不堪的水原封不動地瀉出——但原來人終究無法出淤泥而不染。當你任由邪惡穿過你，你也變成邪惡的。

「上次還不夠？我們還要淹沒真相害死更多人？」陳方圓明明只站在原地，說起話來卻激憤得全身顫抖：「要是我們上次說真話，總編就不會死。下次還想輪到誰？」

他不明白，為何要說服這個房間的三人都這麼困難。儘管對世界說出真相，他以為是不存在灰色地帶的大義。

「如果連人生最後一事都得被扭曲，認真活著又有什麼意思？」

他像颱完大風雨後終於停歇下來的烏雲，淡然劃破已經滿目瘡痍的大地。

橫山君吞下口水，無力之餘難掩內心的憤慨：「不、不扭曲可以怎樣？就算我們如實寫了真相，上面的人也不可能會批核的。他們要我們隱……」

「誰要他們批准？」陳方圓厲聲反問，一下舉起了放在會議桌上的厚重本子。這本是上次疫情來襲時，總編留在這裡的各大報社聯繫方式。只要他們直接把真相告知這本聯絡冊上的人，就能繞過上面，將總編的死、連同這座城市千瘡百孔的真面目公諸於世。

一時之間在場的人都不敢吭聲，唯獨在桌上托腮苦思的柳浩天率先開腔：「可是部門是總編的一切，如果擅自發放新聞，上面知道後肯定把我們攆走，部門就會被新的人接手……」她抬頭望向陳方圓，目光混濁：「這個真的會是總編所樂見的嗎？」

他們無一不凝視資料板上總編的照片，想在那張愈看愈不真實的臉龐之中解讀出他遺願的秘密。他一生人在部門捏造過無數故事，到了自己生命中的最後一件事，他會想怎樣處理？一個好像昨天還在這裡比手劃腳的活人，突然間好像某處有人按了個鈕，他就由立體變成平面，永遠囚在那張亮面相紙之中，強制對一切微笑。

「他生前最重視的就是部門。我認為……他會想我們照著平日所做的，改編他的故事。」秋熒咬咬唇，如此相信著。陳方圓當然有自己一直不變的立場，可是他們的說辭當中還有一點讓他始終質疑：總編最重視的，真是部門嗎？縱使總編平日的行為看似那樣，但陳方圓始終最深信的不是總編，也不是他平日所說的話，而是總編最愛的文學。一個看《美麗新世界》、《一九八四》、《我們》的人，真的會分不清眼前的是烏托邦還是惡托邦？

橫山君左顧右盼，眼神在他們和資料之間游移不定，說到底他也不是在尋找一些特定的文件或資訊，只是他在心底已經亂了套，但站在資料板前，他不能表露出來。

「我們……就照上次那樣？對，就像上次一樣做……不要入屋行搶，不要隨機受害者，只是尋仇？尋仇應該可以吧……」

「橫山君……」陳方圓冷靜的聲音叫停了紊亂的橫山君。

橫山君似是陷進泥漿的人偶，只顧不停在自己挖的流沙內愈陷愈深：「尋仇，應該要扯上黑道嗎？……可是，可是黑道……」

「橫山君。」陳方圓再加重語氣、提高聲量多叫他一次。

這次，橫山君一轉過臉來，慌張就表露無遺。陳方圓直視他，把自己堅信的眼神直直看進橫山君眼中，仿如在泥漿坑中伸出一隻堅定不移的手。他怔怔地問了橫山君一句：「你之前是不是跟我說，總編的小說快寫完了？」

儘管，陳方圓也不知道自己堅信的是什麼故事。

橫山君打開總編房間自疫情發布後就關上的門，陳方圓依稀記得這裡和他上次來的時候一點都沒變過，寫字桌、日曆、書櫃、植物，時間彷如永遠靜止在一刻，這天亦不過是總編出了外勤的一個平日上午。

而上次平躺在桌面的那份書稿，現在仍在。

「總編自疫情公布後就和我們一樣在家工作，我想這份稿件就是截至當時寫的。」橫山君帶領他們走進房間，一起如悼念般圍在寫字桌，回憶交疊凝聚，氣氛莫名沉重。

「我們要不要看？」

陳方圓率先拿起稿件，環顧他們三人。他稍稍打量，稿件用雙面印刷，用魚尾夾將A4紙夾成一疊，拿起手掂算應該有五十張紙左右。陳方圓估計這裡大概寫了十萬字，差不多一本書的分量，專心看的話三四個小時內可以看完。

秋熒和柳浩天沒有回話，卻不約而同將目光投向旁邊的橫山君身上。感到無形壓力的橫山君見陳方圓已經拿起了稿件，正以一副勢在必行的氣勢盯住他，他不自在地搔頭摸耳，每分寂靜都是催促。

「……上面的人應該都在家工作，應該還可以多拖幾個小時吧。」

得到橫山君首肯，陳方圓把稿件放在外面的會議室桌上。他把空氣一口深深納進肺部，欲要翻開封面，五指卻不自覺地捏成一團相互磨蹭。

《向光說》，到底是一個什麼怪名字？

抱持著總編生前故弄玄虛的疑問，陳方圓伸手翻開了第一章。

＊＊＊

觀眾的專注力只有七秒，約莫四五十字。四人圍成一團，空間只剩下俐落的翻頁聲，像咬下一片脆口的生菜葉，像長期彎曲的骨骼終於伸了一次懶腰。他們一口氣讀了大半，紛紛搓揉著眼睛決定歇一下再讀。他們散開，卻沒人交談半句關於故事的內容。

柳浩天旋即為自己腦內萌生這份怪誕感到荒唐，這又不是讀書會。

部門位於官方大廈的地底一層，由走廊到房間一律沒有一扇窗戶。偏偏總編樣樣違和，例如在房間養了一堆品種迥異的植物。雖然裝置好表面昂貴的保溫燈，可是因為好一段時間沒有澆水，綠葉和莖根都顯得萎謝乾癟。陳方圓見狀看不過眼，從飲水機斟了一杯水。

秋熒吸啜不知何時開始點起的菸，陳方圓被字海糊掉的雙眸之中，他的側面猶像一個奮力啜吮母親奶頭的嬰孩。

對近在咫尺的真相求知若渴，人人如是。

「橫山君，」秋熒吐出體中孕成的一團菸雲，面目模糊地問：「你記不記得有一次我們去總編的房間，我有問過他房間那些植物。」

回憶的人永遠純粹。

＊＊＊

「總編，你在地下室養植物，不是很反智嗎？」會議閒暇中，秋熒百無聊賴地四處走動伸展，貪玩地撩撥總編房間那一列從來不知名狀的植物。

「你們不是一樣在地底嗎，」當時總編這樣回答：「我還是希望讓你們發光。」

＊＊＊

只有陳方圓知道今天過後，菸灰缸不會再自動重設。

他們把《向光說》的初稿讀完，前段以為故事講述一個失婚失業的失意中年人轉行自學種花，可是互不相干的小人物相繼湧現，勵志籠統的中年發跡橋段亦沒有如約而至。事實上，故事組成的結構是四條平行敘述的故事線，講述散落城市各處，四個年輕人懷有夢想卻懷才不遇的故事。種花的中年人從來不是重點，只是作為旁白側寫，負責述說者的角色存在。「向光」是所有植物的天性，無論根植何處，這種天性會促使它們向光線強烈的一面生長。即使折腰彎身，即使穿牆破壁。

中年人學習栽種的過程不是事事順遂。其中一個橋段提到，有次一株植物瀕臨枯竭，中年人細心觀察，發現除了向光，植物還有另一種獲得營養的方式——它們會從已死的植物組織，就如掉落在泥盆上的枯葉中萃取營養，從而維生的特性。這個過程，學界稱之為「腐生」。

「原來純文學這麼好看。」柳浩天讀過之後，難得地露出心滿意足的微笑。一本優秀的小說，會讓讀者讀完之後萌生一種能夠遇見這部作品真是太好了的感動。說罷她轉念一想，改口又問：「呃，還是只是總編寫的才這麼好看？」

陳方圓當然能夠理解柳浩天口中那種讀到劃時代作品的感動，在場沒有人比他更明白為何總編能夠一舉拿下三個他望塵莫及的文學獎。但他在讀完《向光說》後，最高興的還是他讓大家一同看完總編的遺作，印證了在他心中一直無法確定的想法。

「他最重視的不是部門，」陳方圓一直覺得故事懶人包之類的速食手段乏味失真，沒有什麼比讓對方直接讀完故事更能清楚傳遞作者的心思：「而是我們。」他很高興，終於可以證明這一點。

陳方圓早就覺得，部門在總編眼中沒有他們說得那麼重要。可是作為部門的新成員，他自知這樣空說毫無可信性。總編曾經對陳方圓說過，在部門的這份工作可以容許他們專心創作，不用在外兼差。讀完故事就能肯定，他作為總編，一直拚命守護的不是部門自身的存在，而是在暖燈管庇蔭之下的他們。

他活得夠久，知道夢想何其可貴，亦知道世界如何運作。

作者必須對自己的作品誠實坦露。

故事說到颱風前夕，中年人曾經想過放棄在唐樓天台親自搭建的簡陋溫室。他一個人蹲在植物前，說了好多話。他質疑自己把植物養在溫室、調節溫度濕度、餵食各式各樣營養劑，是不是其實害了它們。

陳方圓讀到這裡的時候，想起了地下室走廊盡頭的鐵閘門。銅牆鐵壁不是守護，物理終歸有物理的限制，在我們談論人的時候，真正的守護不是讓他們免於危險，而是教他們如何面對危險。

儘管自身腐朽，亦要讓他們化成神奇。

在情節的後來，中年人決定把天台的溫室拆下。颱風來臨，他穿著雨衣，和植物一同暴露在風雨交加的天台之上，相視直到澄空再臨。

「既然他都寫到這個分上，我們不得不為他說出真相吧？」秋熒看完這一段，靜靜仰躺在椅背上，因為真有從故事中解讀出總編不表露人前的想法而覺得紓解：「這是我們可以為他做的最後一件事。」

他帶笑歎息，坐直身子打開電腦，指間又在鍵盤一蹦一跳。

「可是，」初次接觸純文學的柳浩天對整個閱讀體驗還是覺得新奇，因此她才不肯定自己對故事的不解到底是情節缺失，還是自己素養未及：「這份稿到第九章就沒了，最後一段看起來收尾也很突兀，即是說《向光說》還沒有完成？」

陳方圓同樣察覺到這個問題，橫山君皺起眉頭，如實道出：「我會想像他在家裡有用電腦繼續寫，但警方到場的調查報告說什麼值錢的都被拿走了，包括電腦。」

這話一出，他們心情就像卵石一樣沉到湖泊的底部。《向光說》真正的結局已經佚失，甚至可能在總編被襲的時候還未寫完。陳方圓也不知道一份傑出的結局，到底是散佚比較好，還是不曾存在比較好。

橫山君難掩失望的神色，一一寫在臉上的皺褶：「總編在電話跟我說過，他有多期待這個故事出版。」

「不過這些純文學，出版還不是像總編其他作品一樣，被放在書架無人問津。」柳浩天嘗試安慰著大家，不諱言說總編之前出版過的小說還不是放在他自己的書櫃裡蒙塵：「裡面就算寫得天花亂墜，封面文案或第一章第一句沒吸引到人讀下去就沒戲唱。」作家想要讓自己的故事出版，不外乎兩種原因，一是想要透過出版暢銷成名；二是一圓出版的夢想，將腦中的空想變成實體。兩者出發點迥然不同，卻無分對錯。唯獨是作家自身需要認清，自己是哪一種。釐清期望不會免於失望，只能確定你可以為正確的事而失望。

陳方圓沒有答話，目光始終無法從桌面的菸灰缸上移開。

他想為總編做點事。

橫山君無法不認同柳浩天的話，總編已經有過多次出版經驗，他不像是後者想要一嚐出版滋味的新人。然而若是為了暢銷，為了讓世界讀到自己的作品，卻是純文學多年以來的死症：「誰叫這些題材不能一下就吸引人拿起來。只要他們願意讀下去，就會發現內容有多不得了。」總編應該比任何人都更清楚問題，但不代表他來得及找到答案。

這話讓陳方圓頃刻接通昔日，對白微妙的雷同催生一種無以名狀的連繫，他突然對眼前想也沒想過的情況感到絲毫不陌生，甚至生出一份游刃有餘的從容。畢竟橫山君他，並不是第一個說作品得「吸引眼球」的人。

「如果一本書不能讓人拿起來，就連改變別人的機會都沒有。」

秋熒此時終於拍了一下手掌，喚起大家注意後便將電腦螢幕轉向他們：「我已經將今次的新聞大致寫好：**【遊民受毒品影響，入屋行搶隨機殺人，一名獨居男子遇害】**。」他在內文末段羅列數個造成此案的主因，以他們一貫的作法，這樣就可以讓市民「一圖看清」隨機殺人案的成因，打從心底提高警覺；他還不忘在連結加上相關官方部門的聯繫方法，間接鼓勵市民施壓上面，正視這個千瘡百孔的社區。

「我可以看一下嗎？」瞇起眼睛的陳方圓老實不客氣地推開了因近視而擋住了大半螢幕的柳浩天，把她撞到一旁，全神投入閱讀這次他們將要繞過上面，直接給予各大報社的真相。

「真是完全不像部門寫的，」瞥了幾眼的柳浩天聳聳肩，也不介意被陳方圓一人獨占螢幕。她悠然在轉椅上盪來盪去：「原來寫真新聞會這麼沒趣，難怪真相沒人想知，沉重又倒人胃口。」

「我想修改一下。」陳方圓抬著秋熒的電腦心不在焉，只是象徵性問了他們一句：「不介意嗎？」

他們不確定陳方圓在耍什麼把戲，但同時也沒有人打算阻止他。如果這是他們為總編做的最後一件事，大家都應該有份的。

陳方圓過往在部門的有限日子，還未克服道德潔癖的他從來不會下手寫稿。始料未及的是，他們竟然到了這種關頭才圍讀到陳方圓親手寫的文字。三人閱讀速度不一，但愈是看下去他們臉上細緻的五官挪動就更為複雜、更不明所以，讀完後無一不對他露出難以置信的眼神。

「你……剛才不是說要真相？」柳浩天第一個回過神來，瞥見陳方圓正經八百的樣子就禁不住失笑起來：「我還以為你很有原則，真是看錯你了。不是說什麼

『無規矩不能成方圓』嗎？」

所有人都記得在部門的最後一個下午，柳浩天笑得肚子疼。

＊＊＊

一個稀鬆平常的下午，陳方圓走進他和總編第一次見面的連鎖書店。還未踏進去，正門最顯眼的位置砌成了一座書塔。書店偶爾會這樣重點推銷個別作品，大多是時下流行的話題作，蹭熱度之餘又能增加曝光，兩者無疑相輔相成。店員純熟地將同一本書層層疊加，堆成一座有半個成年人高的書塔，無論如何都能吸引路過的眼球。

陳方圓悠然自得，他早就找到今天要來買的書，可是他不著急，站到不起眼的一個角落看了很久。他瞟住手表，在剛剛過去的一分鐘，就有七個人拿起過門口的書，當中有三人翻完封底介紹後決定買下來；另外兩人拿起之後，連正眼都不瞧一下就直接拿去付款處。

一本書能夠讓人拿起來，就是改變世界的第一步吧？陳方圓一邊思忖，一邊記住了在書店觀察而來的有趣數據。他走近書塔也拿了一本，付款。在付款處的旁邊，一張醒目的宣傳海報吸引了陳方圓的視線，標題寫著：「《我在老人院當偵探的日子》新書發布暨作者簽名會：題材罕見，完美揉合溫情和智慧的社會派傑作！」收款的職員留意到陳方圓滯留的目光，主動婉約笑道：「先生抱歉，這場簽名會的名額已經發光了。」

他帶著書乘上了長途公車，搖搖晃晃一個多小時後，他在一個環境清幽的郊區下車。現在他已經不用看地圖，沿著上個月才走過一遍的路徑覆上新的腳印。他最終在一棵參天大樹下止步，抬頭一刻剛好有風拂來，樹葉吹得沙沙作響，頭上漏進刺眼的日光——「是啊，我今天來晚了一點。」陳方圓瞇著眼睛，對樹笑道。

「我最近有在寫作啊。記得你以前總是說『一放下筆桿，再要拿起就很困難』，囉嗦得我們要忘記都忘不了。」他在樹底隨意坐下，有好幾個這樣的下午，他也是這樣隨意坐著，有時候會帶書來看，有時候不會，反正他會來這裡只是想找個人說說話。四個月前是《向光說》實體書發行上市的日子，今天他買來的這一本有點不同。印刷廠在再版的時候有時會加上書腰，寫上亮眼的宣傳文案吸引更多人入手，例如這部作品新近獲得的獎項等等，那就可以在不影響封面設計的前題下加強宣傳。

「你看，四個月內已經賣了五刷。在書店，有很多人拿起來喔。」陳方圓撫摸著套住書封的書腰，將它高高舉過自己的頭上，像是要把話說給樹聽一樣。由《向光說》初版發行，每次加印陳方圓都會買下一本，確保一本不漏地儲齊所有刷次。聽起來容易，可是再版的前提是前一版將賣完，所以到了第三版上架的時候，想再補回第二版已經很困難。

他翻轉書背，每一版的封底無可免俗地都會保留當天剪報的標題和內文節錄。畢竟要不是這樣，一本純文學小說在H城才不可能有這等銷量。

書要讓人拿起來看，才有機會改變世界。

他沒有忘記這一點。

【名作家原稿被盜！

屢獲文學獎的殿堂級作家「腐生」睽違十年醞釀新作，懷疑有人聘用癮君子破門入屋搶奪原稿，作家奮力抵抗最終倒地不治。幸得友人將原稿的複本寄往出版社，劃時代文學家的遺作終得以面世……】

只是半年左右之前的事，可是陳方圓對這段新聞的文字已經開始產生陌生感。很多遣詞用字可以用得更好，為什麼當時我要這樣寫？每次翻看這段「故事」，這些疑問都會湧現。他曾經想過或者再過一年或兩年，他們就會完全忘記這段故事是出自自己之手。直到世上無人再記得這一點，「故事」就會真正變成「真相」。

當時，他們在總編房間找到的文稿只到第九章，《向光說》後面的結局還未完成。可是隨著總編的家被洗劫一空，真正的結局已經散佚。他們四人希望可以完成總編出版此書的遺願，只好做著他們最擅長的事。

「結局是我們四個一起寫的，寫得不好不要只怪我喔。」陳方圓離開前輕輕掃走褲後沾上的雜草，抬頭對樹一笑。

無獨有偶又一陣微風吹來，潺潺灑落了兩片枯葉。

「我們，還是拆掉了你親自建的溫室呢。」陳方圓永遠無法忘記總編去世的那個下午，他們一連趕工寫了兩個故事。一個關於總編的死亡，另一個關於總編一部分的生命。那天，他們從未覺得自己的文字在這個風雨飄搖的世代這般具有意義過。

日光比起剛來的時候已經收斂不少，陳方圓沒有跳上直達目的地的公車。他隨意在腦中規劃了一下粗略的路線，改成搭上另一班車。

疫情還未消退，但各種社交限制都已經放寬多了。法律強制市民佩戴口罩，開始時很多人叫苦連天，但現在都已經習慣了。

「喂你提著行李箱從哪來的？我有孩子在你坐遠一點不要靠過來！」

公車上，素未謀面的乘客們。

陳方圓在一個人多的車站跟著下車，很多人說疫情來襲的大半年來，時空仿如靜止一般停滯不前，但這番說法對這個社區並不適用。比起半年前，這裡完全變了另一個樣。區內某處空地新立的紀念碑成了當區地標，聳立之處被白花包圍。

「哎每天都有人來丟垃圾，什麼時候才清得完？」

烈日下，佝僂蹣跚的清潔工。

毗鄰公園的圍欄也被插滿用紙摺成的白花，本來天橋底下的平地被重鋪——新的地面鋪滿了石卵，美其名是美化社區，但所有人都知道這是為了阻止遊民聚居棲息。

「媽你看，我都說了現在很安全，沒人斬人的。你可以偶爾一個人下來走走，不用整天困住自己……」

恐懼下，束手無策的家屬。

陳方圓的目的地不在此區，他穿過區內的大街，走不了兩三步就會發現街上掛有官方認證的橫幅海報，呼籲市民舉報毒品販運，成功立案可獲獎金分成。

「舉報販毒，人人有責。每次成功舉報可獲獎金一千元整！（受條款約束）」

海報上，捲入吸毒醜聞的明星代言人。

等待紅燈穿過馬路，陳方圓抬頭就發現新增的監視鏡頭不只在紅綠燈底下、燈柱之上，甚至在簷篷頂上、鐵閘門楣，陳方圓慨嘆自己太久沒來，都不知道這些是從什麼時候開始的。交通號誌由紅轉綠，幾名身穿黑衣黑口罩的年輕人飛快在他身邊奔走。

「看什麼看！我們是為了下一代！」

溫水中，不甘被煮的青蛙。

年輕人從背包取出幾罐噴漆，潦草地在閘上噴上：「監控可恥」。

陳方圓一直想著一路走來遇見的事，險些走過了餐廳也不以為意。他輕輕推門，一如所料裡面已經座無虛席，七嘴八舌的交談聲吵鬧得像中式酒樓。

「歡迎光臨達西餐廳，先生有訂位嗎？」生面孔的侍者謙遜地在門前向陳方圓打招呼，他瞥了侍者一眼，雪白的襯衣和袖口說明他在這裡工作還不到一星期。

「我朋友就在那邊。」陳方圓往餐廳內的人招手。

皮鞋再次踩在同一塊軟趴趴的地氈上，他熟練地穿過每一道餐桌之間的空隙，側身橫過。「不好意思、不好意思。」他一邊抱歉一邊擠過去，途中見到其中一桌坐了一名穿著背心熱褲的少女，他正看得入神，就被身後一把熟悉的聲音叫住。

「這邊啊，等你好久了。」化上淡妝、換著西裝窄裙的柳浩天見到他就抱怨：「我都快餓死，快點餐吧。」陳方圓這才好好打量一下桌上眾人，秋滎好像曬黑了不少，聽說他最近去當建築工的學徒，練出了一身好看的肌肉；橫山君看起來變化最少，電腦工程師反正不用面對客人，穿什麼都一樣。

陳方圓舉起菜單揮手，示意點餐。剛才在門前的侍者小弟殷勤地跑過來，笑容可掬地從口袋中取出筆記本。

「請問要點什麼？」

陳方圓指著菜單上的一欄：「下午茶餐，八份。」他頓了一頓，像突然想起什麼再補充：「再加一杯熱奶茶。」

侍者小弟面有難色，見陳方圓一副不苟言笑的樣子明顯被嚇怕。盡忠職守的他仍然鼓起勇氣，說話的時候目光卻明顯刻意放到另一處：「不好意思……這裡寫了，每人只限點一份喔。要不我推薦一下……」

陳方圓早就留意到餐廳在更新的菜單加上「下午茶餐每人限點一份」的備註，免得愛貪小便宜的人一人點好幾份下午茶充當晚餐，陳方圓以前在這裡工作的時候，很清楚有多少客人這樣占據著餐廳的黃金時段，就如他們現在所做的一樣。

「我們還有四名朋友要來，沒有寫不能代人點餐吧？」陳方圓一本正經地合上菜單，把餐桌上其餘的菜單都疊成整齊一堆，雙手交給侍者小弟，這下才願意露出極其官腔的微笑：「麻煩你了。」

侍者小弟還在愣頭愣腦的狀態下抱著一堆菜單走開，柳浩天這才忍不住大笑起來，調皮地拍了陳方圓肩膀一下：「你學壞了。」

「謝謝？」陳方圓把鼻梁上的圓框眼鏡除下來抹拭，大家互相交換著近況。說到一半，秋熒像突然想起什麼似的，連忙從檯底的紙袋取出一本書，遞給陳方圓。

「這個你的。」陳方圓接過自己初出道時出版的詩集，久經日照的封面已經被曬得褪色，配上紅色的折價貼紙更顯得久經風霜。陳方圓由衷地笑著接過，也從自己的口袋中拿出一本袋裝書。

「居然還有這個？你在哪裡買的？多少錢？」橫山君一見到這本袋裝書就雙眼發亮，《不吃鳳梨就沒法推理》的第一冊相傳已經找不著，他自己就試過四處搜尋也遍尋不獲。

陳方圓如實回答：「漂書，不用錢的。顧攤的老伯還求我帶走它。」橫山君一下無法分辨陳方圓在胡謅故事還是說真話，但認真一想他也不必考究，乾脆和所有人一起一笑置之。

《向光說》第五版上市，這才是他們要來慶祝的目的。作者一生能寫出一本暢銷書，陳方圓覺得是幾生修到的福氣。世上有一撮人讀過你寫的文字，他們會看畢這個故事，然後淡忘，但潛藏故事的心意或會化成日後的勇氣、動力、甚或他們的一部分。作為作者，大概沒有比這更幸福的事。

都是多虧《向光說》，他才記得作為作者的初心。他每天埋頭苦幹堆整故事，務求讓文句通順華麗、情節迂迴曲折，但故事本身就如同部門一樣其實並不重要。看的人從故事接收到什麼，才是最重要的。

「你們最近有在寫什麼嗎？」等餐途中，陳方圓問起在座的三人。他用目光逐一掃視，柳浩天微笑搖頭，橫山君聳聳肩，只有秋熒開腔：「媽的我每天工作足足十個小時，哪有時間寫啊？你養我嗎？」他刻意擺出粗豪的聲音開玩笑道。儘管沒有明言，但他們都記得有人說過，一旦放下筆桿就拿不起來的話。

「那你呢，你的《城堡》寫完了嗎？」侍者小弟將八份下午茶餐擠到狹小的圓桌上，碟邊蹭上碟邊，突兀的熱奶茶就放在盤子之間。飢腸轆轆的柳浩天顧不著這麼多，一邊把意大利麵送進嘴裡一邊把問題的箭頭交回問的人手上。

陳方圓沒料到他們會問起，聞言輕輕搖頭：「我現在在寫一個新的故事。」

「喔？半途而廢可不像你。」敏銳的橫山君聽出了他另有所指，巧妙留下話題的藥引。

陳方圓苦笑搔頭，放下了手中的番茄醬。雖然也無意隱瞞他們，可是要將感受如實說出口原來還是沒想像中容易。

「雖然不肯定部門現在怎麼了，但我得要先償還我們撒過的謊，才可以繼續我本來在做的事。」

本來忙著充飢的三人慢慢停下了動作，陳方圓看得出這個表情是忙著把他的話反覆消化幾遍。

秋熒勉強地擠出幾聲乾笑，以開玩笑的口吻試探：「喂……難不成你是要把部門的事寫出去嗎？」

自從總編一案的新聞一出，他們四人馬上就因為擅自發布消息而被解僱，即日被迫離開部門。自此他們沒再踏入過那個地方半步，也沒再聽過關於那個地方的事。翌日打開電視看新聞，感覺總是說不出的違和。

「反正小說只是故事，讀者不當真的話，那也沒有關係。」陳方圓說得輕描淡寫，隨意執起一根炸得焦黑的薯條沾上番茄醬邊咀嚼邊說。

「賣得不好也沒關係？」秋熒聳肩，不帶惡意地揶揄他：「在我們做《向光說》的時候，是誰信誓旦旦說『一本書要人拿起來，才有機會改變世界』？」

「改變世界可以是以後的事，」陳方圓記得，他學過好的文學是不會有時效性的：「現在的我只是想把真相保存在一個地方，萬一某天有人想要尋找的話，還有機會找得到，那就可以了。」

「我要收回那句讚美。」柳浩天沒好氣地嘆了一口氣，用餐巾輕拭殘餘嘴角的意麵醬汁：「陳方圓果然像文學。」秋熒和橫山君互相看了一眼，看得大家都不約而同地噗哧一聲笑了起來，繼續將八份下午茶餐用文明的餐具解體。

「欸，慢著！所以說，在你的故事我們就會成為主角吧？」秋熒像想起什麼似的突然大驚，情急之下用叉子作勢刺向陳方圓：「喂，我警告你，你可不能把我寫色情小說的事寫進去！」

「我也是，你絕對不能曝露我的真實年齡！你要把我寫成一個二十多歲的年輕女孩！」柳浩天順勢也拿起牛油刀一同威脅，壓低聲線轉向鄰桌：「看，那桌穿著背心熱褲的美少女，你就把她寫成柳浩天的原型人物，聽到了沒？」

陳方圓沒料到他們有此一著，心想反正也不是第一次造假，只得從口袋取出細鋼筆，把他們的要求逐一在餐巾紙上列出。

（全文完）

番外

《耆談偵探事務所》

第六十四回連載

人到了某個時刻，就會開始思考自己的死期。太年輕的時候你並不會這樣做，死亡離你太遠，充其量你會和朋友一起討論自己的死法，作為一點犯禁的娛樂。有人認為自己會在兒孫包圍下被拔掉維生儀器；那個他認為自己將在某次分手後吞下一大瓶不再痛苦的神奇魔藥；喜愛健行的他相信自己會在白朗峰看著最壯麗的景色罹難；這個他總覺得自己會在街上遭遇某些可怕的不測，躺在乾掉的血泊之上，會有很多不認識的人前來放下白花。與其說是猜測自己會如何死去，倒不如說，那是他們希望自己將如何死去的一個許願儀式，只是形式比較弔詭。席間，沒有一個人說自己會在養老院孤獨老死。

小李總是無法記起自己年輕時猜的是什麼。

偶爾閒著沒事，他和同房的室友會重新玩起這個遊戲來，主題不再是猜測自己會如何死去，就連鄰房那個失智症的羅伯也知道，他們每一個人都會在這裡孤獨老死。在養老院的他們猜的不是死法，而是死期，老人們都覺得這樣比較有意思，直至老楊煞有介事地說自己至少得等到曾孫女滿月才死的那一晚過去，再沒有醒來，他們才驟覺這個遊戲玩了這麼久，也沒有人想過猜對的人要怎麼領獎。

他們身處的二樓二十一B室是三人房，陳伯、小李和老楊當了室友好幾年。小李是他們之中的老么，七十二歲，安然接下這個暱稱，同一道理，可以理解老楊比他們都先走一步。陳伯八十有四，而老楊他還能被這些人喊老。

他們常開玩笑，養老院是現世和陰間的中繼站，大家都不過是在等自己的車。公車誤點，或早到，都時有發生。三人房變二人房，小李知道很快就會有新的室友遷入。只希望是個談得來的人，要知道，誰都不曉得車什麼時候到。

「不會有人來喔。」陳伯盯著靠近門邊空蕩蕩的床，房間忽然好像寬敞許多：「等我們都去賣了鹹鴨蛋，倒可能有機會，嘿。」陳伯習慣說話後都會這樣冷笑一下，多年來這條件反射般的小動作已經不能逆轉，緊緊卡死在他吐出的行文用語之間。小李在剛認識他的時候，還一度覺得這人說句話都甚囂塵上，肯定難相處。

「怎可能？上個月鄰房的龜叔不是走了嗎，他早上才被打包，傍晚就有人上來看床位了。」小李指的是H城人口老化問題嚴重，養老院床位短缺，長者平均得等三年至五年才能入住。就算是他們所住的私營院舍，想要入住也得等個一年半載，對耄耋之年的人來說，可能已是無法抵達的未來。

陳伯坐著的時候，後背佝僂得尤其明顯，小李在旁看著，覺得他終有天會變成一尾蝦子。陳伯床邊有一台收音機，有年聖誕社署派人來做社會服務，來扮聖誕老人的臨時演員比整家養老院最年輕的院友小李還要小兩個生肖圈。抽獎得來的收音機成了陳伯的眼睛，養老院負責訂報的職員越來越不靠譜，看不看得到報章還得看運氣，陳伯幾十年的讀報習慣就索性被收音機取代。小李老楊不像他，早就對外面的世界不聞不問。什麼全球暖化、世界政局他們都毫不關心。他們倒不信北極的冰融得會比他們死得快。

陳伯年輕時是警探，聽說在役時屢破大案，逮過連環殺人犯、疏散過炸彈現場、甚至破解過密室殺人的懸案。小李和老楊對這些都半信半疑，但陳伯總是能從表層的事實抽絲剝繭、推理出意想不到的真相，這倒是真的。在比白粥更為平淡無味的養老院生活中，可是天大的娛樂。

「養老院舍的修例前陣子不是通過了嗎，」陳伯瞄向他身旁的收音機：「新法例下，人均最低樓面面積的要求變得更嚴格。像我們這些甲二級的院舍大多不符合要求，長遠下去將無法繼續向政府申請補助。嘿，即使是私人院舍，近年物價一直漲，經營越來越困難囉，沒了補助恐怕很快就會關門大吉。」

陳伯的話讓小李倒抽一口氣，再往外大大呼了一口。萬一沒了這個容身之所，難不成一把年紀才露宿？小李的床位近窗邊，一看準職員剛來過巡房，他就會把窗開到最大偷偷抽菸，基本上都成了指定動作。二樓二十一B室的窗口向內街小巷，養老院樓下正是茶餐廳。小李每次打開窗，都會見到小巷站了幾名廚師幫廚圍在一起抽菸。行動不便的他們幾乎不會離開養老院，窗口於是也成了另一雙眼睛，儘管他們從未光顧過那家茶餐廳，也知道這側正是廚房後門所在。他們還知道午市到一時半，晚市到八時，因為每次繁忙時間一過，小巷就會熱鬧起來。

一不小心就往窗外放空的小李把視線收回房間，繼續剛才的話題：「聽起來這次修例是在保障我們，不是會有更多人想來入住嗎？」

「你也不想想這裡屋齡多少，嘿。」陳伯將關掉的收音機抱在懷中把玩。為了節省乾電池，平日他只看準一日三次的新聞報導時間打開收音機。反正蒐集而來的資訊只是事件的表層，他真正的娛樂是思考背後的真相，而誰都知道那永遠不會被報導出來：「你試想，人均最低樓面面積由本來的六點五平方米，要增加至九點五平方米才符合新規定。縮減床位、三人房改成雙人住是最有效方法——」

說罷，兩人互看一眼。就算早有準備，真正感受到失去的一刻，還是會難過。

陳伯抖擻精神，繼續說下去：「對於那些還住著三個人的三人房，院舍也沒辦法擴展房間面積。舊牌照有建築限制規定，改建就差不多等於重新申領牌照，而且這種樓下是餐廳、樓上是院舍的混合式舊樓宇肯定有不少防火問題的隱憂。平日倒可以睜一眼閉一眼，但要是牽涉到大型工程恐怕會很麻煩。但總也不能把活生生的人趕走，所以——」

「——所以，就只能把部分人移動到房間以外的公共空間、甚至走廊暫住吧。在數字上人均樓面面積的確是達到標準了，但居住環境對誰都根本沒改善，甚至更差。」小李打斷陳伯的話，逕自把結論補上。

陳伯沒有感到不悅，反倒滿意地頷首：「年輕人果然是年輕人，嘿。腦袋轉得真快。」

天天無所事事，時間會變得像凝結成果凍狀的豬骨湯水。小李和老楊總會讓陳伯把以前的懸案拿出來一起推測出真相，陳伯不知道是吹牛吹太大，還是真的循規蹈矩，一律都用保密原則帶過，「無可奉告」。取而代之，二樓二十一B室的他們每當留意到院舍的各人有什麼和平日不一樣，都會爭相拋出自己的見解，猜對的卻都總是陳伯。陳伯說，他當警探前已經很喜歡看推理小說，本格、社會派、日常推理全都看。

「什麼是日常推理？」小李曾經這樣問過。

「就是一些為什麼今天當值的看護少了一人、或為什麼你的左腳拖鞋會不翼而飛這種要動點腦筋的是非小八卦。而不是每每都是密室殺人、身首異處。」

小李恍然大悟地點頭。他也不曉得為何一談起推理，腦袋就冒起血花飛濺死很多人的那種場面。

「不過，」那個時候，老楊剛好插嘴：「在這裡，死人才是日常吧。」

本應來巡房的職員今天遲遲未到，菸癮起的小李按捺不住，冒著會被發現的風險打開窗，他在二樓的房間吹出一口煙，目擊地下小巷廚師們造成的煙霧瀰漫，一下子兩個空間好像被連接起來。陳伯曾經很用力地勸說小李別抽菸，特別是他抽的雙囍牌是他活了八十多年嗅過最臭的菸。但後來他就發現，養老院是這個世界被隔絕出來的空間，它不受這個世界的時間運行所影響，週一和週日一樣，白天和夜晚也一樣。沒有時間流動、沒有顏色沒有晝夜、也沒人在意。像自己天天抱著收音機，打開窗和那群素未謀面的廚房佬一起抽菸，是小李連接世界的方式。

陳伯陪小李一起倚在窗邊吹風乘涼，正午把室內曬得又悶又熱，房間的電風扇壞了一個多月還沒有人來修。午市剛過，小巷升起一縷縷炊煙，夾雜著此起彼落的髒話。小巷其實並不是一個優美的休憩空間，地上總是有汙水沿著路邊左右兩旁的小溝潺潺流進，廚房後門又堆滿了垃圾袋和大籮筐，幫廚們每隔一段時間又把幾袋新的垃圾揪出來，丟到腳邊廚師們也看似毫不在意，繼續吞雲吐霧，這個也是他們的日常。在H城有喘口氣的空間，已是甚好。

小李見狀也點起自己的雙囍，在窗邊百無聊賴地托起頭來：「不知今天午飯是什麼？」

陳伯瞇著眼睛默想，回答小李：「番茄炒蛋吧。」

養老院的菜單從十年前開始就沒更新過，掌廚都換了兩代人，一天三餐都是按他們心情隨意煮的。陳伯和小李其實也不會因為預先知道要吃什麼而感到興奮，最大的樂趣莫過於陳伯經常都能成功猜中每天的午餐要吃什麼，精準度十中八九，每次都看得小李目瞪口呆。

「到底你為什麼會知道？」小李總是嚷著要陳伯告訴他是如何猜出午餐。他們所住的三人房在二樓，上面三樓住的是需要特別照護的院友房間，員工辦公室、洗衣房和廚房等設施都在同一層。小李更搞不清楚，根本不會有機會到廚房一窺究竟的陳伯是如何能在世上云云菜式中猜出答案，特別是菜單早不奏效。他們連新掌廚本人都沒見過，陳伯卻能洞悉他心底在盤算每天想煮什麼。陳伯一天之中只會去猜早餐和午飯，晚飯小李要他再猜的時候，他就忙把耳朵貼近收音機收聽整理一天提要的晚間新聞。

小李越是好奇，陳伯就越是得意，擺出一個在唇上拉拉鍊、示意緘口不語的姿態。平日陳伯都不吝告知他們推理的謎底，唯獨在「猜午餐」上老是故弄玄虛，讓小李心癢癢的。就在小李再想追問，門外突然傳來職員來巡視的風聲，小李一時心慌，隨手就把菸蒂丟到窗外趕緊關上窗，活像學生時代怕被訓導主任抓個正著的狼狽樣，就在腎上腺素湧上來的一刻，他頓覺自己忽而年輕了半個世紀。

「希望沒有丟中廚房佬的頭。」趁職員離開後，小李向陳伯淘氣地吐吐舌頭。

這天的午飯足足比平時晚了近一小時，飢腸轆轆的老人們怨聲載道，鄰壁傳來的髒話都快要媲美樓下的廚師們。負責送餐的阿姨姍姍來遲，餓了一整天的小李和陳伯心情也不好，但陳伯很快就發現了原因：平日有三名員工負責送餐，今天只有一台餐車被推下來。一個人要跑三趟也很不容易。想到這點，他們就從送餐阿姨手中默默接過冷掉的飯菜，點頭道謝，她卻連正眼也不望一下他們。

「嘖，這麼不情願，索性整家養老院收攤也罷。」一想到這裡飯又沒得吃、報紙又沒得看、連房也沒人巡，早晚掛了也沒人管。小李氣上心頭，故意提高聲量讓她聽見。

陳伯聽罷只是一笑，心想小李就是年少氣盛：「就希望它不要倒閉囉。不然我們還有哪可以去？」

兩人打開盤子上形同虛設的保溫罩，今天的午餐是甜椒炒蛋。

「猜錯了，嘿。」陳伯用湯匙送了一口飯進嘴裡，確保自己把話說完才開始咀嚼。他很清楚這把年紀鯁喉的話可大可小。

答案有所落差，這仍然無阻小李向他投以欽佩的眼神：「也很接近啦，也是炒蛋、也是紅紅的蔬菜！我的老天爺，你難道真是什麼會讀心的神仙嗎？」小李之前一直懷疑陳伯和新來的掌廚是認識的，不然總不可能頻頻猜中。可是當他發現陳伯整天都沒離開過二樓二十一B室、新來的掌廚也從未露面，陳伯還是如有神助一樣成功猜中，才排除了兩人串通的可能。

「到底你為什麼會知道？」小李鍥而不捨。

「不是說了嗎，」陳伯又再擺出那個往唇邊拉拉鍊的動作：「我去賣了鹹鴨蛋也不告訴你。」

小李碰了一鼻子灰，只好拿起筷子挾了一片甜椒。甜椒在蛋液中泡得太久，再餓也叫人難以下嚥，他只好學著陳伯先挖一口白飯充飢。就在他用筷子左翻右掀時，駭然發現在甜椒和炒蛋之中，夾雜了一樣不應該出現的異物。

在盤子上重遇那根燒到一半的雙囍牌菸蒂後，小李倏然抬頭，剛好和陳伯對上眼神。陳伯興味盎然一笑，又一遍在唇邊拉上拉鍊後，繼續埋頭把飯菜一口一口送進嘴巴。

讚 0　留言 0　分享 0　閱覽數 4

《後記》

謹將故事獻給所有追逐夢想的創作者。

曾經和一群作者朋友戲言，寫書出書太辛苦了。如果不當作者，下輩子我們想做什麼？

獲得大賞，至今仍覺不可思議，甚至伴隨更多的自我質疑。眨眼成為作者已有七年，在香港出版過小說十餘本，從沒登上過任何書店暢銷榜，在二〇二三年前也沒獲得過任何獎項。驟聽有點像陳方圓的際遇，事實並不然，仔細一看就會發現他有入圍過也拿過佳作，論資排輩絕對都比我要亮眼。所以，在這次大賞獲得評審的肯定對我別具意義。這樣一來，感覺又至少可以再撐個七年了。

參賽之時，我就希望寫一個以作者為主角的故事。然而又怕直說作者的秘辛枯燥無味，畢竟要人對我的作品感興趣已經這麼難，更何況是要對我寫作品的困難感興趣？近年我補看不少錯過了的香港舊電影，其中看到《喜劇之王》一個橋段：「最好的演員不是演員，而是臥底。」這個情節啟發了我關於故事上的職人技能置換。作者的技能不用在寫小說上，可以用來做什麼？小說是虛構的，而新聞要求真，但兩者同樣由人編撰、負乘載時代之責。不用多久，便得出「作者創作假新聞」這個有趣又諷刺的對比。

借用書中所說，獲獎後作者不會長出翅膀，而是頂著桂冠在地上繼續奔跑。得獎不是終點，我也不希望它是。回想起有幸成為作者，我獲得的不只是一紙合約，而是自此完全不一樣的人生，也是因而獲得的種種，讓我無比快樂地走過那些沒有得獎也沒有暢銷的年頭。因為成為作者，我找到了自己好像有點擅長的事，也找到了一生的摯友。他們寫武俠玄幻、寫奇幻科幻、寫驚悚恐怖、寫社會百態，都是很棒的人。窩在一起吞雲吐霧、討論故事、互相抱怨，沒事時針鋒相對，出事時義氣相挺，就如大家在「部門」所見的互動一樣。但我深知這些幸運並非必然，不是每個陳方圓都有幸找到部門的同儕，如果暫時並沒有，我希望這個故事可以成為你的陳方圓，陪你繼續走下去。寫作的路很長很苦，有人一起走，會快樂很多的。

謝謝 KadoKado 角角者構築這個讓更多作者可以找到同伴的溫馨平台；謝謝台灣角川，每年舉辦百萬小說創作大賞，讓更多陳方圓得以被看見。出版從來不容易，但因為有這些愛書人，作者可望慢慢不需為愛發電、在達西餐廳連夜兼差才能養活夢想。作者的同伴不一定也是作者，可以是總編、編輯、讀者、籌委、行銷、工作人員，每一位願意來聽作者說故事的人。作者想要透過小說改變世界，但你或許不知道，在你拿起書的一刻，已經改變了作者的世界。

反覆思量，再選一百次，下輩子我還是想寫小說。

真人真事改編部

Department of Based on True Stories

定價
NT$340
HK$113

失控的AI－我在元宇宙被判死刑

官雨青(Peggy)/作者　Ooi Choon Liang/插畫

KadoKado百萬小說創作大賞・大賞得獎作品

天才醫師阿星的妻兒命喪惡火，他設計出妻兒的「亡者AI」，耽溺於虛擬世界。于珊是殯葬業大亨之女，卻被陷害揹負債務，企圖自殺時被阿星救下。在元宇宙有原配的阿星，與于珊之間產生情愫，哪一個世界的她，才是自己應該廝守的真愛？亡者AI協助于珊事業重生，卻也迫使她遭受死刑的威脅。

定價
NT$320
HK$107

童探Bodacious!三界火宅

提子墨/ 作者

馬丁．愛德華茲等全球頂尖犯罪推理作家，史無前例聯名推薦！

仲夏的台北，連續發生了三起看似意外的離奇縱火殺人案，線索顯示是連續殺人魔所為。年僅11歲的「天才童探」童奇杰，與多年前突然退出警界的柯林德，因緣際會成為搭檔，並決意追緝這名台灣史上最神秘的連環殺手：「三界火宅之人」！

定價
NT$300
HK$100

縫隙

逢時／作者　Kanariya／插畫

知名編劇作家逢時，大膽融合母愛與邪教命題，打造《咒》後本土全新恐怖殿堂級狂潮！

女社工蘇方琪，察覺近年異常死亡的孩子太多了。她暗自拜訪這些家庭，發現這些孩子的母親都信奉著詭異的「慈母真尊」。信奉此教的母親們，虔誠地希望孩子改過向善，沒想到卻一一面臨喪子悲劇。

蘇方琪決心潛入道場，她想知道這個新興宗教來自何方？又為什麼會有這麼多信徒的子女喪生？這是意外巧合，還是被稱作「向老師」的教主向安婕，蓄意為之……？

定價
NT$280
HK$93

死神先生的自殺契約書

L.C / 作者　單宇 / 插畫

★2023韓國釜山亞洲內容暨電影市場展台灣代表作品
★KadoKado百萬小說創作大賞‧瀚草英雄旅程獎

這是只有下定決心要自殺的人才會看見的死神與其契約書——

委託人七天後註定會死去，

身為死神，我將誓死捍衛您自殺的權利。

國家圖書館出版品預行編目(CIP)資料

真人真事改編部 / 理想很遠作. -- 初版. -- 臺
北市 : 臺灣角川股份有限公司, 2024.11
面 ; 公分

ISBN 978-626-400-856-3(平裝)

863.57 113014022

真人真事改編部

Department of Based on True Stories

作　　者＊理想很遠
插　　畫＊凱子包

2024 年 11 月 7 日　初版第 1 刷發行

發 行 人＊台灣角川股份有限公司
總　　監＊呂慧君
編　　輯＊喬齊安
美術設計＊魏秀恩、周欣妮
印　　務＊李明修（主任）、張加恩（主任）、張凱棋、潘尚琪

台灣角川

發 行 所＊台灣角川股份有限公司
地　　址＊104 台北市中山區松江路 223 號 3 樓
電　　話＊（02）2515-3000
傳　　真＊（02）2515-0033
網　　址＊http://www.kadokawa.com.tw
劃撥帳戶＊台灣角川股份有限公司
劃撥帳號＊19487412
法律顧問＊有澤法律事務所
製　　版＊尚騰印刷事業有限公司
I S B N＊978-626-400-856-3